声の文学

出来事から人間の言葉へ

西成彦

新曜社

はじめに

本書は、あくまでも私の単著ですが、そこにはたくさんの方々の言葉が散りばめられています。以下、目次に代えて、そうした引用部の一部をインデックスとして並べることにしました。

そのいくつかは、小説家の方々が小説作品のなかの登場人物の言葉として練り上げ、文脈化されたものですし、またいくつかは、著者の方々が収集、あるいは批判的に言及された当事者の言葉であったりもします。しかし、これらの言葉なしに私自身の言葉もまた産まれ出ることがなかったはずです。

そして、その著書のなかから文章を引かせていただいた方々のうち、たまたまご生前に知遇を得ながら、これからお読みいただく文章を準備するさなかに亡くなられた丸山隆司、津島佑子、石牟礼道子のお三方には、かつてのご厚誼に対する感謝の意をここに書き記しておきたいと思います。本当であれば、この本を差し上げた上で、ゆっくりお話しできる機会があればどんなによかったか。校正作業のなかでも、その無念の思いが再三胸をよぎりました。

言葉の力、そして声の持つ力を言葉にかえる技、少しでもお三方から学び取れればよいのですが、それは途方もなく難しいことなのだと思い知らされる日々でもありました。

二〇二一年十一月十一日　西成彦

目次

Ⅲ　文学とオーラル・ヒストリー　91

Ⅳ　ジェノサイド縦横　171

声の文学——出来事から人間の言葉へ

I 「海洋文学」から「海の文学」へ

1

古代文学研究者の丸山隆司さん（一九四八〜二〇一五）が最後に残された大きな仕事に、『海ゆかば／万葉と近代』（アヴァン札幌、二〇一一）がある。

私が丸山さんにお目にかかったのは、「知里幸恵生誕百年」を記念した巡回展を立命館大学の国際平和ミュージアムでお引き受けした二〇〇四年五月のタイミングだった。同じ学内の国際言語文化研究所で「春季連続シンポジウム・先住民という言葉に内実を与えるために」を企画したさい、四回連続のなかの「シンポジウムⅢ〈国語学とアイヌ語学の分岐点／金田一京助と知里幸恵〉」にパネラーのひとりとして登壇していただいた。

そもそも丸山さんのご出身は京都だとのことで、東京都立大学で古代文学を学ばれた後、北海道の藤女子大学で教鞭をとられていたのだが、その日以来、丸山先生は、所属されていた藤女子大学の紀要『国文学雑誌』に書き継がれたご論考を、欠かさず送ってくださるようになった。

丸山さんの単なる古代文学者というだけに終わらないスケールの大きさは、『〈アイヌ学〉の誕生／金田一と知里と』（彩流社、二〇〇二）にもあらわれていて、帝国日本の植民地経営や植民地学の創設が、「植民地＝周縁」の諸文化のなかに「日本の古代」に見るところにあるとの見立てにそって、「古代文学研究」を「植民地主義研究」へと接続しようという、その野心的な仕事ぶりにはいつも驚かされた。金田一京助（一八八二〜一九七一）の「ユーカラ研究」が「滅びゆく文化」をめぐる学問の確立であった以上に、その「ユーカラ翻訳」が「擬似的な古代日本語への翻訳」（「『神様にも劣らぬひと、しばしおちつきたまへ。毒ぐしをば、われら汝より抜かんとするなり』／云ひたりけれど、毒はげしく、きゝもて来るがゆゑ、魚の臨終《いまは》のはためきを、われまねしゐたりけり」――「虎杖丸《いたどり》」より）[1]であったというようなことをこそ、丸山さんは問題視された。たしかにそれは『アイヌ神謡集』（郷土研究社、一九二三）の知里幸恵（一九〇三〜二二）の訳業（《「銀の滴降る降るまはりに、金の滴降る降るまはりに」と云ふ歌を私は歌ひながら流に沿つて下り……》）と比べても大幅な逆行である。

丸山さんはポストコロニアリズムをくぐり抜けた「万葉学者」だった。であればこそ、お送りいただいた紀要のなかでもフェミニズムを踏まえた「「大日本帝国」への「行路」――『暗夜行路』をめぐって――」[2]や、二〇一〇年五月に札幌で開かれたというシンポジウム「台湾の日本語文学／一九三〇年代を中心に――」で読み上げられた「短歌と異族――台湾」[3]、あるいは「「霧社蜂起事件」をめぐる言説《ディスクール》（1）」[4]などは、ピーター・ヒューム（一九四八〜）やホミ・K・バーバ（一九四九〜）の文章を題辞に引くなど、ポストコロニアル批評を強く意識した日本古代文学研究実践だった。

しかし、亡くなられるまでの最後の十年間、丸山さんが最も力を注がれたのは、敗戦前の日本では「第二国歌」とみなされ、広く歌われた「海ゆかば」をめぐる歴史研究だった。そして、こつこつと大学の紀要に書き溜められたものが、『海ゆかば・万葉と近代』という一冊にまとめられたのだった。

「海ゆかば水漬《づ》く屍《かばね》」という詩句が、いわゆる「権威に媚びる祝福歌」の伝統に属するレトリックであり、「水に浮く戦死者」そのものをイメージさせる単なるグロテスク・リアリズムなどでないことは、そもそも言うまでもない。

大伴家持の元歌は、『万葉集』の「巻十八」に収められ、聖武天皇が大仏建立に必要な金《くがね》を調達するのに躍起であったころ、陸奥国からそれが提供されたことに「大君《おほきみ》の御《み》言《こと》」を尊ぶ「賀歌《がのうた》」の一種として詠まれている。「大君」を称える歌ということで言えば、後の「わが君は千代に八千代に……」（『古今和歌集』巻七）へと受け継がれるひとつの系譜に属しているということになる。

それこそ、『万葉集』には「乞食人《ほかひびと》が詠ふ歌」として「〔前略〕大君に　我れは仕へむ　我が角は　み笠のはやし　我が耳は　み墨の坩《つぼ》　我が目らは　真澄の鏡　我が爪は　み弓の弓弭《ゆはず》　我が毛らは　身筆のはやし　我が皮は　み箱の皮に　我が肉《しし》は　み膾《なます》はやし　我が肝も　み膾はやし　我が肱《みげ》は　み塩のはやし　老いたる奴　我が身一つに　七重花咲く　八重花咲くと　申しはやさね　申しはやさね」（巻十六）などという鹿がみずからを「大君」に捧げるというシチュエーションを仮構した、凄絶な歌もある。

しかし、そうしたある種のレトリックであったものを、日中戦争以降の日本は、肉弾戦の手本として、さらには「特別攻撃」や「集団自決」を正当化する論理として濫用したのだった。

2

『海ゆかば／万葉と近代』は、一九三七年にいわば「発明」された唱歌「海ゆかば」（信時潔《のぶときとききよし》・作曲）が、戦争の泥沼化とともに人口に膾炙していったさまを徹底的に追いかけた一冊だが、通読するなかで、とりわけ瞠目させられたのは、一九四五年八月、加計《かけ》呂麻島《ろまじま》で島尾敏雄（一九一七〜八六）とミホ（一九一九〜二〇〇七、旧姓・大平）とのあいだに交わされた「やまとことば」のなかに、『記紀』や『万葉集』の響きと香りをかぎとる古代文学者ならではの感性の鋭さだった。

島尾ミホ『海辺の生と死』（創樹社、一九七四）に収められた「その夜」という一文は、あやうく「水漬く屍」になる寸前にあった「島尾隊長」に向かって「古代日本語」を駆使して訴えかけようとするミホと、奄美の方言で語りかけようとするミホの二つの姿が二重写しになっていて、何ともせつない。

終戦の前々日、昭和二十年八月十三日は旧暦の文月六日、七夕さまの前の晩で星のきれいな宵でした。

私は島尾部隊の隊長さまを待ち侘びつつ「わがせこが来べき宵なりささがにのくものふるまいかねてしるしも」などと口遊みながら、行燈に掛けた薄衣を通して揺れる仄かな灯火の明りをたよりに、明くる早暁の星祭のためにと、短冊や和紙にうたを書いておりました。その中には隊長さまへお捧げしたものもありました。

チドリャ《千鳥》　ハマチドリャ《浜千鳥》
ヌガ《何故》ウラヤ《お前は》ナキュル《泣き居る》
カナガ《君が》　ウモカゲヌ《面影の》
タチドゥ《立つ故に》　ナキュル《泣き居る》
カナガ《君が》　ウモカゲヤ《面影は》
タチマサリ《立ち増さり》　マサリ《増さり》
タチマサリ《立ち増さり》　マサリ《増さり》
シュヤヌケブシ《塩焼小屋の煙》

加那恋ふは塩焼小屋の煙の如く吾が胸うちに絶ゆる間もなし[5]

「塩焼」といえば、『万葉集』において恋い焦がれる気持ちをあらわす常套イメージだ。たとえば「しかの海女の煙焼きたてて焼く塩の辛き恋をも吾はするかな」（巻十一）あたりは、その典型例だ。

しかもミホさんが触れている「わがせこが来べき宵なりささがにの」の歌（巻十四）は、『古今和歌集』に収められている衣通姫（允恭天皇に寵愛されたとされる「そとおりひめ」）の歌で、「ささがに（＝ささがね）」は次の「くも＝蜘蛛」にかかる枕詞で、「蜘蛛が巣を張るのは恋人が来るしるしだ」という迷信を踏まえたものらしい。この歌は『允恭紀』にすでに拾われていた。

そして、丸山さんは、「加那恋ふは……」の歌が「万葉調」[6]であることの傍証として、そもそもは《ジイドの「狭き門」を読み返す》というハイカラな女性であったミホが、七月十四日には、《以前は外国の小説を夢中になつて読みましたが、近頃は気持ちが寄つていきません。近頃「古事記」や「万葉集」には涙する程です。そして父に和歌のことを教へて貰はうとするやうになりました。いい歌をあなたにお捧げしたいのです[7]》と書いてよこすようになっていたことをあげておられる。

「「恋ひて死なんと」を、『万葉集』に見られる恋歌の常套表現である[8]」と言い切れるだけの丸山さんであればこそ、《その死が犬死ではなく、なんらかの栄光に与ることができるのか、つまり、共同性に転位できるのか。そういうとき「海ゆかば」がうたわれ／うたわされたのではなかったか(9)》と書いて、論考を締めくくることができた。

古代には「大君」を言祝《ことほ》ぐだけだった歌が、「現人神」に向かって命を捧げるときの「自決の表象」となり、しかもそこに「万葉的」な「愛＝献身」という美学が付け足されたということなのだろう。

ともあれ、敗戦後の日本では、『万葉集』にあるような古代的な「海の文学」(藻塩や若海藻《わかめ》に象徴される)と、「太平洋戦争」という総力戦・消耗戦の拭い去りがたい記憶の重なりの上に、新しい「海洋文学」をめぐる模索が始まろうとしていたというべきなのだろう。

3

ただ、私が「海の文学」なるものについて、自分が、いかに長いあいだ、漫然とした問題意識しか抱いてこなかったか、このことにしっかりと目を開かせて下さった丸山さんと並ぶもうひとりは、台湾の蘭嶼《ランユウ》(島)出身の作家、シャマン・ラポガンさん(一九五七〜)だった。

私が「シャマン・ラポガン」という同時代人の存在に底知れない力を感じたのは、日本で『台湾原住民文学選』（草風館）の刊行が始まり、『台湾原住民文学選2・故郷に生きる』（二〇〇三）のなかに、台湾の原住民でもパイワン系の血を引くリカラッ・アウー（一九六九〜　）の短篇二十四編とともに収録されていたシャマン・ラポガンさんの『黒い胸びれ（黒色的翅膀）』に目を通したときだ。その衝撃に、立命館大学文学部で担当していた「文芸方法論」という「クリエイティヴ・ライティング」系のクラスで、その作品の冒頭部分を教材に用いたほどだ。

トビウオがいくつも群れをなして、うみのそこここを真黒に染めあげていた。それぞれの群れは三、四百匹からなり、五、六十メートルずつ距離をおいて、約一海里にわたってつながっていて、まるで、軍規のきびしい大軍団が出陣するように見えた。トビウオの群れは黒潮の昔からの流れにのって、フィリピンのバタン諸島の北側の海に少しずつ近づきつつあった。[10]

しかし、『黒い胸びれ』を読むことで目が覚めたような感覚を味わえたとしたら、それは、海というものが、人間が魚たちと生活圏を共有している場、そして人間が魚を捕獲する場であることはいうまでもないが、そればかりか、その経験を通して、人間と魚とのあいだに「ふれあい」が生まれる場でもあるということを思い知る絶好の機会となったからだった。

これは人間が書き記した「動物文学」のひとつとしても出色だと感じた。それが、私とシャマン・ラポガンさんとの最初の出会いだった。

そして、二〇一六年七月、シャマン・ラポガンさんと直接にお目にかかる機会がついに到来した。

同年の植民地文化学会年次大会初日の「フォーラム〈内なる植民地主義　三たび〉」にパネリストとしてお越しいただいたシャマン・ラポガンさんは、「内なる植民という新しき／古き苦境」と題したスピーチのなかで、氏の生れ故郷である蘭嶼が原子力発電所の核廃棄物の処理施設を押しつけられている現状の報告から始め、「植民地主義」が中心による周縁の、マジョリティによるマイノリティの「帰順」のシステムであるという結論に向けて、力のこもった話を聞かせてくださった。《蘭嶼島は、一八九五年に日本の植民地になり、一九四五年に中華民国の植民地と帰した。私たちは国際政治の舞台のうえで、「訳の分からぬまま」被植民の身分へ位置付けられ、植民者による政治史観に服従することに茫然とし、私たちの宇宙観は錯乱したままである》[11]というわけである。

そして、話はこれだけでは終わらなかった。大会の二日目には、「私の文学作品と海——非主流海洋文学」と題したシャマン・ラポガンさんの講演もまた企画されていたからだ。

「物語」というものは、私たちは幼い頃から大人たち、即ち父母・家族・社会から「創られ」「編まれ」て、聞かされてきた。この地球上には大小さまざまな民族が存在しているが、民族の数ほど異なる「物語」がある。しかし、大航海時代、即ち西洋人の称した地球大発見の時代、植民された弱小民族の本来所有していた優雅で美しい伝説や物語は、植民者によって踏みつぶされたり隅に置かれたりして、次第に荒唐無稽な「非主流文学」と化してしまったのである。[12]

「非主流文学」とは、「暗文学」（日蔭の文学？）という中国語にあてられた訳語のようだが、シャマン・ラポガンさんは、ジョーゼフ・コンラッド（一八五七〜一九二四）からアーネスト・ヘミングウェイ（一八九九〜一九六一）、それどころか『オデュッセイア』にまで遡ることのできる「西洋海洋文学」の古典に対する「カウンター」を試みられた。最新作『大海浮夢』（二〇一四）[13]にまつわるお話も味わい深いものであった。

そして、この講演の後、私と、もう一人、批評家の岡和田晃さん（一九八一〜）の二人が司会者から指名されてコメントを求められたのだが、私はポーランド文学研究者だという自己紹介に絡め、おそらくは「海洋文学」の「主流」に属するのだろうコンラッドに触れ、そして逆に、こうした「主流」からは外れるだろう例としては、一九九二年にノーベル文学賞を受賞したカリブの英語詩人、デレク・ウォルコット（一九三〇〜二〇一七）の長篇叙事詩『オメーロス』（一九九〇）の冒頭部分（「日が昇るころ、こうやってカヌーを切り倒したものだ」This is how, one sunrise, we cut down them canoes）[14]を想起しながら、その名前を挙げた。講演のなかで、シャマン・ラポガンさんは「故郷」への思いを次のように語られていたからだ——《故郷は海での潜水と漁を学ばせ、故郷はまた熱帯雨林の造船用の木材を与え、一族の男たち、また島の漁師たちは、私が忘れかけていた島と島人を教えてくれた[15]》と。

もっともウォルコットは、過去の「カヌー作り」（canoeという言葉は先住アラワク族の言葉だった）をふり返り、それこそカメラを構えて記念写真を残そうとする観光客の前で、その伝統の技を示そうとしている（それで収入を得ようとしている）島民のことをえがいているのだが、シャマン・ラポガンさんは、もっとストレートに、みずからを育んだ島の「伝統」を引き継ごうとされている。[16]

短篇集『冷海情深』（一九九二）に収められた「黒潮の親子舟」には、主人公に向かって年老いた父親が、こんなことを言う場面もある——《わしは十年以上も待っていたんじゃが、舟がない家は、男がいない家と同じじゃ[17]。》

そして、二人は山に登って、木を切り出し、中をくりぬいて舟を拵える——《孫の父親、この木は山ビンロウ、あれはムクイヌビワ、あれはランショセキナンじゃ……。どれも舟を造る木だ。このヤマビンロウはおまえを十年余りも待っていたんだぞ。舟の中央の両側にはめ込む上等の材料だ。この種の木は、いちばん腐りにくいんじゃ。この木はバンリュウガンだ、今日、わしらが切り出す竜骨じゃ……》（四八ページ）

はたして、『老人と海』（一九五二）の老人サンチアゴは、みずから山に入って舟を作ったりしただろうか。二〇一六年七月の講演会で、私と岡和田さんのコメントを受けた後の応答のなかで、シャマン・ラポガンさんが、《ヘミングウェイの『老人と海』が、一種の征服者による技術中心主義的な文学と語られていた》ことは、私もそう記憶しているし、岡和田さんが発言内容をもとに加筆修正された「コメント」にそう記録されている。[18]

「海洋文学」の「主流」は、海を戦場、あるいは交易のために踏破すべきスペースに変えた戦士たちではなく、海を生活圏とする「海洋民族＝海人」の手に返すべきではないだろうか。私がそこで感じたのは、そのことだった。

4

ところで、次ページの地図からも分かるように、オーストロネシア系言語の分布は、東はイースター島、西は何とマダガスカル島まで伸びている。マダガスカルの場合は、アフリカ大陸からの移住者も少なくなかったため、その言語にはバントゥー系言語の影響もあるようだが、しかし系統的にはオーストロネシア系に属するとのこと。台湾（フォルモサ島）以南の海洋民族が、いかに太平洋とインド洋を股にかけていたかが分かる。

いわゆる四大文明は地続きでつながっていたし、ユーラシア大陸の東西交易は、シルクロードという陸路を用いたという説があまりにも有力であるため、「海上の道」という発想が出てくるのは、それこそ近代に入ってからで、しかもそれはコロンブス以降の大航海時代の果たした役割が大きすぎて、古代人の海洋進出に目が向けられることは少なかったのだ。その意味では、比較言語学が果たした役割には量り知れないものがある。

そういえば、鄭和（一三七一～一四三四）の大航海については、華語世界では誰でもが知っていることだし、日本が遣隋使（初回六〇〇年）・遣唐使（六三〇～八三八）、これに並行して遣新羅使（六六八～八三六）を派遣するようになった時代、東アジア海域における交易は、殷賑をきわめるに至ったと思われるが、金重明《キムチュンミョン》さん（一九五六～　）の『皐《みぎわ》

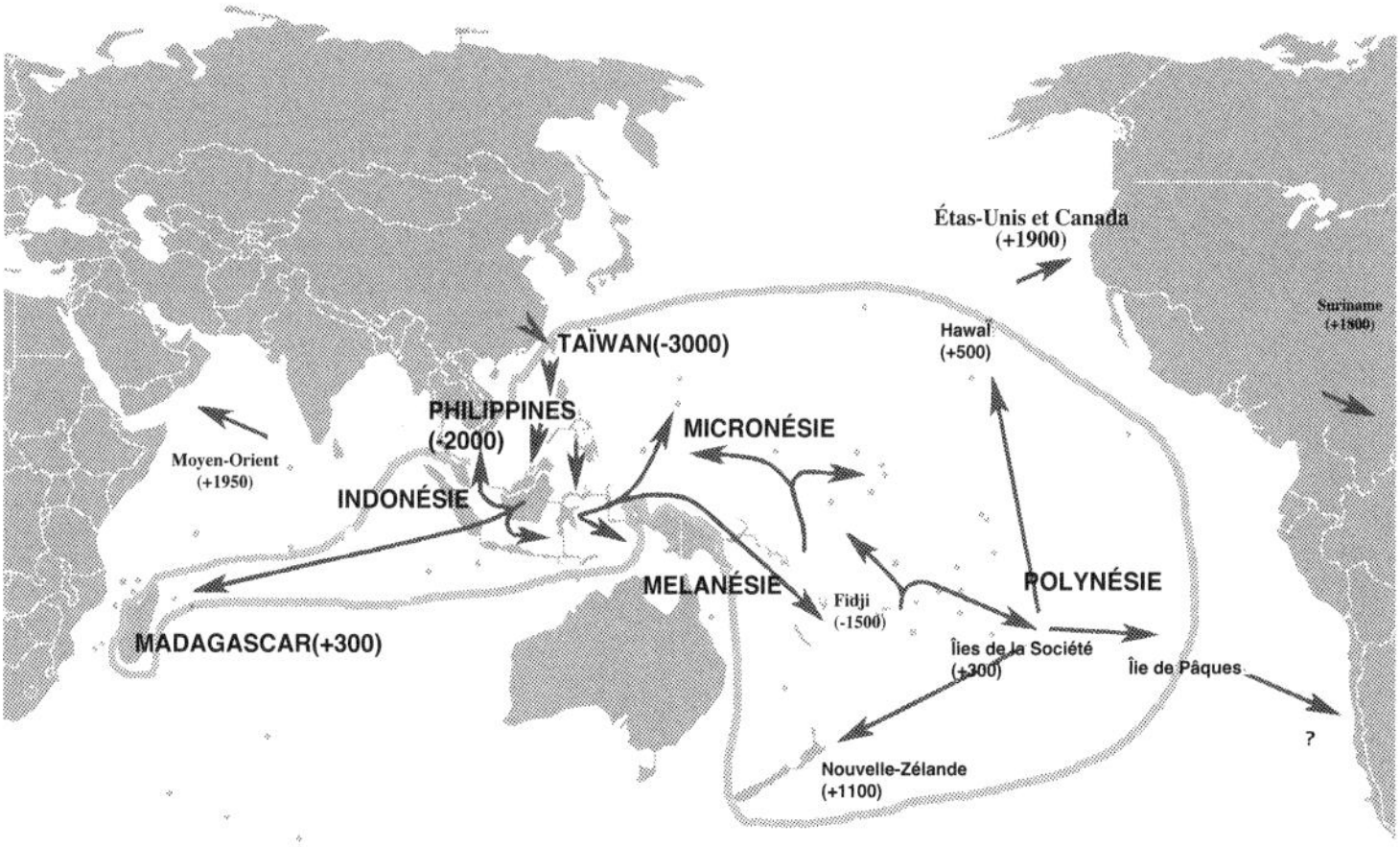

オーストロネシア系の人的・言語的拡散

https://www.pinterest.jp/pin/392376186268203787/

の民』（講談社、二〇〇〇）には、新羅王でさえもが一目置いた張保皐《チャンボコ》（七九〇頃〜八四六頃）の全盛期が描かれている。

　八三八年の最後の遣唐使派遣団に加わった円仁《えんにん》（七九四〜八六四、『入唐求法巡礼行記』を残している）は、入唐後、なかなか思うように修行をつめずにいたのだが、山東省あたりの新羅人社会の手を借りることによって目的を達成できた（帰国は八四七年、その後、下野国の出身であったこともあるのだろうが、東日本をまわって、松島の瑞巌寺、浅草の浅草寺などは、円仁が開山した）。この円仁と、新羅の商人たち、そして張保皐という伝説的な人物を登場させた歴史巨編としての『皐の民』には、何と獅子国（スリランカ）の女船長や、ペルシャ人の商人までが登場する。

《はるばる長江河口の寧波から（現在は山東省の）赤山、耽羅（済州島）、（現在は全羅南道の）莞島を経由してきた交易船が鶏林（唐が新羅の金城＝現在の慶州に置いた州督府の名）に着いた[19]》というところを読んだだけでも驚かされたが、《張保皐は（中略）夕日を眺めながら、末羅遊（マラユ＝スマトラ島東部の国）の女、アハーラの舞を思いおこしていた》だの、《アハーラの舞は、張保皐に波斯（ハシ＝ペルシャのこと）の女、スジャータを思い出させた》、そして《アハーラとスジャータが似ていたわけではない。アハーラの肌は黄褐色で、スジャータの肌は抜けるように白かった》（一四一ページ）といったあたりまで来ると、ある種の妄想かとさえ思ったのだが、しかし、ペルシャ人のアブーは、

《バグダードより西の世界を直接見聞したことはない》とはいえ、《見聞として知って》はいて、《イベリア半島西端〔ロカ岬?〕から日本の東端〔犬吠埼?〕までの距離を想像》(二六四ページ)するという楽しみを味わえるほどの「識者」だったと書かれている。

西洋中心の歴史観に染まってしまうと、ヨーロッパとアジアが出会ったのは、ヴァスコ・ダ・ガマ(一四六〇頃~一五二四)やフェルディナンド・マジェラン(一四八〇~一五二一)以降だと思ってしまいがちだが、シルクロードを介した陸路に留まらず、海路を通じても、人と人は行き交い、物流はとぎれることなく、そして知もまた交換されたのだ。

そして、そうしたインド洋と太平洋を介した「海上の道」を最初に切り拓いたのは、オーストロネシア系の言語を話す「遠洋航海者」だったはずなのである。

シャマン・ラポガンさんの文学は、中国語で書かれてはいるが、それは「華語文学」のうちに封じこまれるものではなく、まさに「オーストロネシア文学」の最前線を担うものである。そして、何よりも『大海に生きる夢』は、まさにそうした自覚に沿って書かれたものだと言ってもよいだろう。

華麗島の南東に浮かぶ蘭嶼に生を享けた一人の現代人が、仲間を求めて、太平洋をさすらい、はてはクック諸島のラロトンガ島にまで足を延ばす。帝国にも国民国家にもあやつられない、それこそみずからの原点をさぐる移動の旅がそこではなぞられている。

5

それでは、こうしたシャマン・ラポガンさんの野心的な「世界文学」の企てに肩を並べられる文学が日本語でも書かれているとしたら、それは何だろうか？　講演「私の文学作品と海／非主流海洋文学」を拝聴して以降、ことあるごとに私が考えるようになったのは、そのことだった。

船戸与一さん（一九四四～二〇一五）の『蝦夷地別件』（新潮社、一九九五）は、ハードボイルドタッチの歴史小説だし、川越宗一さん（一九七八～　）の『熱源』（文藝春秋、二〇一九）も、そうした日本語文学の新しい潮流の上に位置していると見ることができるだろう。

しかし、さしあたって特筆すべきは、亡くなられたということでは船戸与一さんの場合も同じだが、この間、同じく相次いで他界された津島佑子さん（一九四七～二〇一六）と石牟礼道子さん（一九二七～二〇一八）、この二人の女性作家にここでは注目したい。「海の文学」をこれまで牽引してきたのが男性たちであればあっただけ、戦後の女性作家（大平ミホさんの分身とも言えるのかもしれない）の挑戦には、どんなに注意を向けても向けすぎることはないだろう。

津島佑子さんは、二〇世紀の終わりから、「文学キャラバン」なる作家のグループを組織して、アジア諸国の作家たちとの交流を積極的に進めてこられた。そして、津島さんと台湾ということで言えば、『あまりに野蛮な』(講談社、二〇〇八)が有名だが、これも二〇〇五年に実施された「日台キャラバン」から生まれた作品だと言っても過言ではないだろう。[20] この「日台キャラバン」は、リービ英雄さん(一九五〇〜)が、ほぼ半世紀ぶりに台湾の地に足を踏み入れ、後の『模範郷』(集英社、二〇一六)が書かれる原点に置かれてしかるべきなのもまた、このときの台東訪問だった。そして台東で企画された「座談会」には、シャマン・ラポガンさんが、台湾の「原住民作家」を代表する一人として参加しておられた。

そして、『あまりに野蛮な』では結婚相手の台湾赴任に付き従う形で、台北に移り住んだ戦前の内地日本人女性を主人公のひとりに据えることで「植民地文学」のスタイルを試みられた津島さんが、その後、引揚者を扱った『葦舟、飛んだ』(毎日新聞紙上での連載は二〇〇九〜一〇年)などを書いたのち、まさに満を持して書かれたのが『ジャッカ・ドフニ——海の記憶の物語』(雑誌『すばる』での連載は二〇一五年)で、それは海を股に掛けた一七世紀女性の南洋行(マツマエからツガルを経て、マカオ、そしてバタビアまで)の物語だ。

西太平洋を北緯四一度から南緯六度まで南下した女性。津島さんが、そこで念頭に置いていたのは、むしろ「じゃがたら文」のことだっただろう。

「じゃがたら文」で知られる「お春」（一六二五年にイタリア人を父とするハーフとして長崎に生まれ、一四歳で、母姉とともに国外に追放され、バタビアでオランダ人を父とする同じくハーフの男性と結婚。祖国を想う気持ちを和歌混じりの文に認めて、長崎に送ったものが、残されている）を念頭に置いた「書き換え」になっていることは、誰もが気づくところだろう。

「じゃがたら文」は、《千はやふる神無月とよ、うらめしの嵐や。まだ宵月の空もうちくもり、しぐれとともにふる里を出しその日をかぎりとなし、又ふみも見じあし原の、浦路はるかにへだたれど、かよう心のおくれねば／おもひやる　やまとの道のはるけきも／ゆめにまぢかくこえぬ夜ぞなき》と始まり、《あら日本恋しやゆかしや、見たや見たや見たや》と締めくくられる[21]。

唐への留学を経験した安倍仲麿（六九八〜七七〇）の「天の原ふりさけ見れば春日なる三笠の山に出し月かも」（『古今和歌集』「巻九」）を下敷きにした、自由な、そして庶民的な変奏と言いたくなるような作品である（『土左日記』の紀貫之は、この歌の冒頭を、状況に合わせて「あをうなばら（＝青海原）」と書き換えていた[22]）。

これに対して、『ジャッカ・ドフニ』の主人公の場合は、蝦夷地のマツマエで和人を父として生まれ、アイヌのハポ（母親）に育てられたことは、ほんとうにわずかな記憶にすぎなかったが、脳裏に深く刻みこまれた子守唄（《ルルル、ロロロロロロ、モコロ、シンタ、ランラン、ホーチプ、ホーチプ！》[23]と、和名では「チカ」である名前が、アイヌ語では「鳥」という意味の「チカップ」だという知識と、このふたつだけでも彼女のアイヌとしてのアイデンティティを規定するには十分だった。

ただ、自分で和歌が詠め、手紙も書けたお春とは違って、チカップは文字が書けないので、《兄しゃま》と慕うジュリアンに宛てた手紙も《代筆》（三六一ページ）だという設定になっていて、時折、《代筆者よりひとこと》として《ほそく》（四〇八ページ）がなされていたりする。

そんなチカップのバタビアからの遠い声は、たとえば、こんなふうだ。

兄しゃま、こちらにきてから、チカップはきりしたんのいみがわからんくなっとります。ほんで、なまいきにもそいでかまわんのやっちゅう思いもあります。チカップがいくらかんがえたところで、わかるはずはなか、わかろうとおもうしかくもチカップにはなか、そんげんおもわれるとです。

はんぶんアイヌのこのチカップには、きりしたんについて、ではのうて、アイヌについての、なんちゅうか、せきにんがあるんやないか、とかんじとるんよ。

兄しゃま、チカップはまちごうとるんか。

マリアさまはチカップのハボです。けんど、ほんまのチカップのハボは、マリアしゃまを知りません。パライソに行けたかどうかもわかりません。マリアしゃまとハボをくらべるこつはできん。じゃけん、ハボのために、チカップはマリアしゃまにいのりつづけます。すると、あもるの思いが海のように、チカップのからだをひたしとるのがかんじられます。

すくなくともこのバタビアには、チカップいがいに、ひとりもアイヌはおらん。そいは、たいへんなこつや。きりしたんとしてよりも、アイヌのおなごとして、チカップは生きどうよ。そいが、チカップのねがいや。

兄しゃまはわかってくれるよね。（三七〇ページ）

そして、北の国から来る便りのなかで、彼女が何より気に病んだのは《えぞ地でえぞ人のおおきかはんらんがあった》（四一六ページ）という報せだった。一六六九年のシャクシャインの戦いの噂だ。じゃがたらお春は、もっぱらみずからも経験した島原の乱（一六三七〜三八）の記憶に苦しめられているわけだが、そこがチカップの場合は、「アイヌ」であることとの意味が大きかった。

そして、代筆をつとめたバタビアの日本女性はこう書いている——《島びとにたいしてかなりざんこくなふるまいをするコンパニーのオランダ人たちですら、このはなしを

つたえきいたとき、おどろきあきれとりました。》（四一七ページ）

じつは、同じ時期、ここに登場するバタビアのオランダ人たちが、ゼーランディア城（安平古堡）を拠点にして、現在の台南周辺を制圧していたわけだから、このチカップの物語は台湾の歴史ともまったく無縁ではなかった。

チカップは手紙のなかで、こうも語っている――《フォルモサ島に二万五千もの海ぞくの軍ぜいがおしよせてきて、……／しばらくおしつおされぬのじょうたいがつづいとりましたが、／けっきょく、コンパニーはようけぎせいしゃをだしただけでのうて、……／あの島をうばいとられてしまいました》（四一三〜四一四ページ）と。

ともあれ、そうした勇ましく、商魂たくましい男たちの「海の物語」に対する一種の「カウンター」として、『ジャッカ・ドフニ』は、それこそ山崎朋子さん（一九三二〜二〇一八）の『サンダカン八番娼館』（筑摩書房、一九七二）や、森崎和江さん（一九二七〜）の『からゆきさん』（朝日新聞社、一九七六）のような「底辺女性」の「海の物語」を掘り起し、再創造するという、「聞き書き」ならではの作業を、小説という形を使って引き受けようとした、女性作家の手になる現代文学の系譜に列なるものだと思う。

6

そして、海を越えて郷里を棄てたのが、男ばかりでなかったことを示し、しかもそれは「からゆきさん」や「従軍慰安婦」の経験の「可視化」という時代の流れに応えるものであったという形で『ジャッカ・ドフニ』の特徴をとらえるなら、「漁撈民の文学」こそが「海の文学」の原点に据えられるべきだというシャマン・ラポガンさんの立ち位置にもつながる形で、しかも女性が書く「海の文学」の形を大きく打ち出した石牟礼道子さんの『苦海浄土』(一九六九〜二〇〇四)にもここで触れないわけにはいかない。

シャマン・ラポガンの文学では、どこか「男の世界」という独特の香りがあるのだが、『苦海浄土』に描かれる水俣の漁民らは、男も女も子供も、だれもが舟に乗って海の上で、ひとつの時間を過ごす。

> うちは三つ子のころから舟の上で育ったっだけん、ここらはわが庭のごたるとばい。それにあんた、エベスさまは女ごを乗せとる舟にゃ情けの深かちゅうでっしょ。
>
> 〔中略〕
>
> 舟の上はほんによかった。

イカ奴は素っ気のうて、揚げるとすぐにぷうぷう墨《すみ》をかけよるばってん、あのタコは、タコ奴《め》はほんにもうかるとばい。
　壺ば揚ぐるでしょうが。足ばちゃんと壺の底に踏んばって上目使うて、いつまでも出てこん。こら、おまや舟にあがったら出ておるもんじゃ、早う出てけえ。出てこんかい、ちゅうてもなかなか出てこん。壺の底をかんかん叩いても駄々こねて。仕方なしに手網《たび》の柄で尻をかかえてやると、出たが最後、その逃げ足の早さ早さ。ようも八本足のもつれもせずに良う交して、つうつう走りよる。こっちも舟がひっくり返るくらいに追っかけて、やっと籠におさめてまた舟をやりおる。また籠を出てきよって籠の屋根にかしこまって坐っとる。こら、おまやもううち家《げ》の舟にあがってからはうち家の者じゃけん、ちゃあんと入っとれちゅうと、よそむくような目つきして、すねてあまえるとじゃけん。
　わが食う魚《いお》にも海のものにも煩悩のわく。あのころはほんによかった(24)。

自分が口にする魚にも「煩悩がわく」とは、まさに魚とおなじ生息圏に暮らす人間だけがいだきうる、しみじみとした感傷である。

　かかよい、飯《まま》炊け、おるが刺身とる。ちゅうわけで、かかは米とぐ海の水で。

沖のうつくしか潮で炊いた米の飯の、どげんうまかもんか、あねさんあんた食うたことのあるかな。そりゃ、うもうござすばい、ほんのり色のついて。かすかな潮の風味のして。

かかは飯炊く、わしゃ魚ばこしらえる。わが釣った魚のうちから、いちばん気に入ったやつの鱗はいでふなばたの潮でちゃぷちゃぉう洗うて。〔中略〕鱗はいで腹をとって、まな板も包丁もふなばたの水で洗えば、それから先は洗うちゃならん。骨から離して三枚にした先は沖の潮ででも、洗えば味は無かごとんばってしまうとでござす。

そこで鯛の刺身を山盛りに盛り上げて、飯の蒸るるあいだに、かかさま、いっちょ、やろうかいちゅうて、まず、かかにさす。

あねさん、魚は天のくれらすもんでござす。天のくれらすもんを、ただで、わが要ると思うしことって、その日を暮らす（一二二〜三ページ、「天の魚」より）。

漁村においては、海は女性としての感受性のなかにも深く浸透していく大自然のエレメントなのだ。

じつは、津島佑子さんは、台湾を舞台にした『あまりに野蛮な』の後半部分で、台湾人慰安婦の過去を掘り下げているが、この箇所に注目した私は、次のように書いて、私なりの「『あまりに野蛮な』論」を締めくくった――《日本人男性の身勝手さをめぐる話であれば、原住民女性を現地妻にしてひとり日本に帰国していった日本人巡査のほか数々のバージョンがある。女の「膣」だけを利用したつもりの男が女の「子宮」や「乳房」をまで冒すことになるかもしれないという想像力を働かせないまま、結果的に子どもの生死にまつわる喜怒哀楽のすべてを女性におしつけてしまうという家父長制の暴力性が、植民地においてはいっそう強化されてしまった。[25]》

しかし、これは、石牟礼さんの『苦海浄土』のなかで、長いあいだ、活字になることがないまま、二〇〇四年になってから、『石牟礼道子全集〈不知火〉』（藤原書店、二〇〇四）の第一巻配本として、第一部・第三部とともに一冊にまとめられた「第二部・神々の村」のなかに見つけた一節が、知らない間に、私に乗り移ったような表現だった気がいまはしている。

戦場でたて続けに何百人もの兵隊を相手にせねばならぬ性とはそもそもなんだろう。そういう経験を持つ女性が、命ながらえて帰った果てに、水俣病を病んでいるのだった。

もしも、あるがままの自然というものが人類に残されるとすれば、最後の神秘として性は残るはずだった。胎児性患者を生まねばならなかった母親たちも、太初からそうであったように、魚を養う海の潮とおなじ羊水を、その胎に湧かせていたのである。女の胎と海とが、おなじ潮であることを人びとはまだ充分に思いつかない。そこに直接毒が注入されたことと「日本の性の現実」とはたぶんふかい関わりがあるのにちがいなかった。慰安婦の傷痕をとどめた女身であろうとも、いやそれであればなおのこと、僅かの余生を浄福してくれる相手を得て、もとの海べの光につつまれながら、終ることができたろうに。(三四〇ページ、「花ぐるま」より)

いったんは妊娠しながら、流すことになってしまった子、生まれ落ちながらも長くは生きられなかった子、津島佑子さんが、ご自身の経験を踏まえながら、現代女性作家として生涯引き受けようとされたのは、そうした「羊水」をくぐらせた文学の探求だった。そして、そうした「羊水」と「海水」の通底性(「女の胎と海とが、おなじ潮である」)という着想こそが、石牟礼道子さんから津島佑子さんへと引き継がれた「海の文学」のひとつの水脈だった。

注

(1)金田一京助(採集並びに訳)『ユーカラ——アイヌ叙事詩』岩波文庫、一九三六、二四一ページ。

（2）丸山隆司「「大日本帝国」への「行路」――『暗夜行路』をめぐって」（『国文学雑誌』七二号、藤女子大学国語国文学会、二〇〇五年三月）、九五～一一一ページ。
（3）丸山隆司「短歌と異族――台湾」（『国文学雑誌』八七号、二〇一二年一一月）、三一～五一ページ。
（4）丸山隆司「「霧社蜂起事件」をめぐる言説《ディスクール》（1）」（『国文学雑誌』九一・九二合併号、二〇一五年三月）、三〇～四〇ページ。
（5）島尾ミホ『海辺の生と死』中公文庫、改版二〇一三、一七九～一八〇ページ。
（6）丸山隆司『海ゆかば／万葉と近代』アヴァン札幌、二〇一一、二四二ページ、初出は『国文学雑誌』八一号、二〇〇九。
（7）島尾敏雄・ミホ『愛の往復書簡』中公選書、二〇一七、二〇七～二〇八ページ（初出は「愛の往復書簡――昭和二十年一月から八月まで――」『マリ・クレール』九七号、中央公論社、一九九〇年一二月号）
（8）丸山隆司『海ゆかば／万葉と近代』、二五一ページ。
（9）前掲書、二五三ページ。
（10）『台湾原住民文学選2・故郷に生きる』魚住悦子編訳、草風館、二〇〇三、一五七ページ。
（11）シャマン・ラポガン「内なる植民という新しき／古き苦境」明田川聡士訳、『植民地文化研究』第一六号、植民地文化学会、二〇一七年七月、二九ページ。
（12）シャマン・ラポガン「私の文学作品と海――非主流海洋文学」趙夢雲訳（前掲『植民地文化研究』第一六号、二〇五ページ。
（13）同書は、『大海に生きる夢』下村作次郎訳として、二〇一七年に草風館から日本語訳も刊行され、二〇一八年には「第五回鉄犬ヘテロトピア文学賞」の受賞作ともなった。
（14）Derek Walcott, *Omeros*, faber and faber, 2000, p. 3.

(15)前掲『植民地文化研究』第一六号、二一〇ページ。
(16)ジャメイカ・キンケイド（一九四九〜　）の『小さな場所』（一九八八：旦敬介訳、平凡社、一九九七）は、グローバル化とツーリズムによって荒廃する離島を批判的な角度から描き出した、いまではポストコロニアル文学の「古典」だと言ってもよい。
(17)シャマン・ラポガン『冷海深情』魚住悦子訳、草風館、二〇一四、四四〜四五ページ（以下、同作からの引用は、本文中にページ数のみを記す）。
(18)岡和田晃「自然と人間の融合」、前掲『植民地文化研究』第一六号、二一六ページ。
(19)金重明『皐の民』講談社、二〇〇〇、三九ページ（以下、同作からの引用は、本文中にページ数のみを記す）。
(20)『すばる』二〇〇六年四月号（集英社）の〔特集：日台作家キャラバン〕を参照。
(21)西川如見『町人嚢・百姓嚢・長崎夜話草』飯島忠夫・西川忠幸（校訂）、岩波文庫、一九四二、二三一〜二三七ページ。
(22)紀貫之『土左日記』岩波文庫、一九七九、三五ページ。
(23)津島佑子『ジャッカ・ドフニ——海の記憶の物語』集英社、二〇一六、六六ページ（以下、同作からの引用は、本文中にページ数のみを記す）。
(24)『「池澤夏樹＝個人編集」世界文学全集Ⅲ-〇四：苦海浄土』河出書房新社、二〇一一、八七ページ（以下、同作からの引用は、本文中にページ数のみを記す）。
(25)西成彦『外地巡礼——「越境的」日本語文学論』みすず書房、二〇一八、二一〇ページ。

Ⅱ　日本のヒミツにふれる

1

津島佑子さんにはじめてお目にかかったのは、丸山隆司さんと同じく、立命館大学附設の国際平和ミュージアムで「知里幸恵生誕百年」を記念した巡回展をお引き受けした二〇〇四年の春だった。津島さんの場合は、春季講演会という市民講座の枠組みでの招聘で、そこでは学内学外の一般聴衆に向け、「越境の女性作家として」の題でかみくだいたお話をいただいた[1]。

そのおりの津島さんの印象は、「気さくな方」、そして「きっぷのいい姐御」といったもので、つい「お父様の本を最初に読まれたのはいつですか」などというぶしつけな質問をした私に、「物心ついたころから家に転がってましたからね」と、二の句の継げないお返事をくださって、私としては、ついほっこりした気持ちになったものだ。

そして、二度目にお目にかかったのは、二〇一〇年七月の植民地文化学会で、それはちょうど『あまりに野蛮な』(二〇〇八)をお出しになった時期にあたり、私自身も台湾に興味を持ち始めていたこともあったし、とくに台湾に移り住んだ内地女性の霧社事件(とくにその首魁、モーナルーダオの男性性)に対する心の動き、そして現代の台湾人男性から「台湾人慰安婦」の話を聞かされた戦後生まれのもうひとりの主人公の感情の心の動揺、この二つを重ねて描くという、そのたくみさに舌を巻いた覚えがある。

　藤原てい（一九一八～二〇一六）の回想や、後藤明生（一九三二～九九）の小説など、まさに「引揚げ世代」の男女が書き残した文学がえてして「記録性＝真正性」に縛られがちであったなか、津島さんは、『あまりに野蛮な』の半分がそうであったように、戦後生まれの人間が、それこそ細切れの情報や知識の収集、そして旅の実践を経ながら、少しずつ実体験世代の経験へと「肉迫」していく過程を丁寧に書きこむという、戦後作家ならではの、ポストコロニアル小説のスタイルを磨き上げられた。

　じつは、ホロコーストについても、子どもや孫にはあまり自分の過去を話したがらないサバイバーを親や祖父母に持った第二世代・第三世代の試みが、注目を浴びるようになってきているが[2]、津島さんは、第一世代が「ヒミツ」にしていたことが、戦後世代によって、独特の迂回路を経由しながら暴かれていくというミステリー仕立てを、『葦舟、飛んだ』（単行本、毎日新聞社、二〇一一）では、果敢に試みられたのだった。

　タイトルにある「葦舟」が、『古事記』の国産み伝説にある「然れども、くみどに興して生める子は水蛭子《ひるこ》。この子は葦舟に入れて流し去《う》てき」から来ていることは疑いないが、この「葦舟」が「飛んだ」などというシュールなイメージの源泉には、『苦海浄土』があるのではないかと、私はふんでいる。

　その第二部「神々の村」（二〇〇四）の冒頭の一章は「葦舟」と題されていて、《胎児性水俣病の子供たちは、たとえていえば「葦舟」にのせられているごときものたちである[3]》と続く言葉の流れに先んじて、石牟礼道子さんが書いておられる、次の一節が関わっていたはずだと、私は思うのである。

爺やんが水ば呑めば、魂の飛ぶぞ。
魂のひっ飛ぶ水ぞ。爺やんが水は。
飛べ、飛べ、おまいも。
飛んでゆこうかい、舟で、天草に。
おまいも握るか、ほうらよ、とも綱ば、握ってみるか。
そうじゃ、そうじゃ、足で握れ、足の股で、ん、力ば入れろ。足の親指の股に。
（二〇四ページ）

その老人を祖父に持つ杢太郎少年は、「胎児性水俣病」に苦しんでいて、石牟礼さんは、こう書いている。

てのひらは、この少年の両頬のあたりに生えてきた、かすかな桜色のヒレのようなものである。けれども彼は、どこへも泳ぎつく着くことはない。〔中略〕

彼は畳の上を反転しながら泳ぐ。そのヒレで。海中を反転し、転々反側していたあの魚たちのように。（二一八ページ）

その「桜色のヒレのようなもの」が「翼」になれば杢太郎だって「飛べる」。生殖行為は、幸せな人間関係のなかでだけ営まれるものではない。ひどい場合には、ひとりの女性の「膣」をわがものにした男は、証拠隠滅のために、用を足した後、そのまま女の「命」を奪うことさえある。

またそうした生殖行為は、いつでも実を結ぶわけではないが、かりに出産にまでこぎつけたとしても、幸福な未来が赤子を待っているわけではない。赤子が不幸なら、その赤子を生んだ女性も幸福にはなりきれない。

そして、そうした「葦舟」に乗せて流すしかない運命にさらされた女たちの記憶が、何にも増して「ヒミツ」にされてきたのが、たとえば、戦後の日本であった。

石牟礼道子さん、そして津島佑子さんは、その「ヒミツ」をただ暴露するのではなく、ひとがゆっくりと「ヒミツ」を明かすに至る過程にこそ注意を払い、それを「小説」として世に問われた。

この二人が、二〇一六年から一八年にかけ、相次いで亡くなられた（世代は異なるが、藤原ていもだ）が、いまや、歴史学者であれ、社会学者であれ、ただ「史実」に挑むのではなく、個々人がかかえもつ「ヒミツ」に迫るための物腰を要求される時代になっている。そして、石牟礼さんを引き継ぎながら、津島さんが試みられたのは、学者でも何でもない普通の戦後生まれが、それでも「ヒミツ」の開かれに立ち会えるという機会から決して排除されてなどいないという時代認識に見合った表現形式だった。それが『葦舟、飛んだ』だ。

2

『葦舟、飛んだ』は、そもそも毎日新聞に連載された新聞小説（二〇〇九年四月一日～二〇一〇年五月一五日）だったが、私がこの作品を知ったのは、ずいぶん後になってからであった。二〇一三年五月に、立命館大学の公開講座（土曜講座）で「『からゆきさん』を読む～孕ませる男の性～」と題した講義にのぞんだ際にとりあげるのに、いまから思えば、まさにぴったりの作品だったはずなのだが、いまからするともったいないことをした。

同講座は「性の倫理・生殖技術の倫理」というコンセプトで四回分の内容が組まれていたので、私は私なりに、「性暴力」をめぐるおもに二十世紀の歴史をふり返りながら、そのなかで一般の聴衆にも読んでほしい本を他にも何冊かとりあげた。なかでも私たちの世代には、衝撃の一冊であった森崎和江さんの『からゆきさん』（一九七六）から、私という一九五〇年代生まれの「男」が何を学んだかが話題の中心になった。

講義の後に何人かの受講者から質問や感想をいただいたが、学部生が「とても勉強になりました。彼氏を連れてこればよかった」と話してくれたのが、いまでも良い思い出になっている。いまであれば、その女子学生には『葦舟、飛んだ』をすすめて、ぜひ彼にも読ませなさいと言ったことだろう。

さて、同公開講座で紹介した、一九七〇年代の聞書き文学のさわりとして挙げたのは、まず山崎朋子さん（一九三二～二〇一八）の『サンダカン八番娼館』（一九七二）の次の箇所だった。

ヨシ姉がはじめて行ったとはラングーンじゃが、そこからシンガポールやジャワのお女郎屋へ移ってな、今の天子様が天子様になりなさった年に天草に戻って来たと。南洋で京都生まれの船乗りと世帯ば持ったというが、その男が病気で死んでしもうたもんで、そのお骨《こつ》持って帰って来たとじゃがね。それからはもう南洋さにゃ行かんで〔中略〕去年の春に死んでしもた。七十五にひとつふたつ足らん年じゃと言うとった。

今度のいくさの終わったあとは、もう、どこのおなごも南洋さにゃ行かんが、うちが小《こ》まんかときはな、あすこの家からもここの家からも出かけたもんぞ。ふた親のおらんうちらの家ばかりではなか。うちと同じ頃に外国さん行った者《もん》は、この小《こ》んまか村内《むらうち》だけでも、二十人の上もおるわい。

外国へ行ってお娼売《しょうばい》した者《もん》は、いろんな目に会うて、果ては行方《ゆくがた》知れずになってしまうことも多かでな、全部の者《もん》の消息は知らん。うちの知っとる者《もん》で言うと、下の川向こうの正田おサナさんは、太《ふと》か家に住んどって、外国の腰掛けも冷蔵庫も持っとる。おサナさんは、〔中略〕うちらとは違う親方に伴《つ》れられてプノンペンに行ったんじゃ。そこで、ゲノンというフランスの男といっしょになっての、その男が金持じゃったけん、分限者《ぶげんしゃ》暮らしばしなさったと。そのフランス人はとうに死んでな、残していった財産をフランス人の弟が全部取ってしまおうとしたけんで、おサナさんは裁判をして、うまいぐあいに勝ったげなたい。そっで、今でも毎年外国から銭《ぜに》が送られてきて、あげに安楽に暮らしていなさるとよ。まあ、おサナさんは、うちら外国へ行きよった者《もん》のなかでの出世頭《しゅっせがしら》じゃな。

〔中略〕

みんなで幾人になるもんかな？〔中略〕うちらが南洋さん行ったあとのことじゃが、ツギヨさんの一番上の兄《あぼ》さんも、ブラジルへ稼ぎに行かにゃならんじゃった。

そげな家じゃもんで、ツギヨさんも、「うちも外国に行きたたか」言うちたと違うか。(4)

「からゆきさん」のなかにも、悲惨さの果てに息絶えた名もない女性から、「おサナさん」のように成功した組まで、さまざまな方々がいらしただろう。「からゆきさん」のひとりひとりにそれぞれの人生があったことに光をあてたのが山崎朋子さんだった。

また、森崎さんの『からゆきさん』からは、次の三か所を引いた。

アジアのまずしいものたちが、ぞくぞくと流れこんだ。また強制的につれてこられた。アジア人は道路建設や農業や工業につかわれた。各国の女たちがつれこまれたし、中国人の場合は女ばかりでなく、まずしい男たちがクーリーとして運ばれてきた。(5)

「いんばいっていうのは特別なことではないわね。ふつうの家庭の夫婦の間にだって、淫を売ることはいくらもあるわね。いつかあなた、そんなことといったでしょ」(一三八ページ)

おキミが老いて寝こんでからも、なお身をふるわせて、おもわず朝鮮語で罵りだすのは、尿意をもよおすときであった。〔中略〕
「あたしはなんにもいえなくなる。抱いていっしょにおしっこしながら、あたしは二人で泣いてしまう。やっとキミはあたしを許すのよ。泣きあっているときだけは。キミはあたしの主人にも子どもにも決してあの顔をみせないけど」
綾さんがそういった。
「キミは十六歳で朝鮮人の客をとっていて、何がつらいといっても、四、五人の客のなかで堪えられずおしっこを洩らすのを、笑って眺められることだったのね。朝鮮人が日本人の女を買うために家を売ってやってくる。洩らしてしまうまで買いつづけて立たせてくれないのよ。あたしは朝鮮人に育ててもらったし、とってもやさしくて、好きな人たちだから朝鮮人を非難するようなこと、言いたくない。これはね、日本人がそう追いこませたのだとしか言いようがないわ」(一四一〜一四二ページ)

徴兵制に基づくものであれ、志願兵であれ、国民を戦争の前線へと送り出すこともまた「人身売買」の一種だし、ブラジルや満洲などへの移民も「拓殖」という名の「棄民」であった。しかし、従軍慰安婦がそうであったように、民間人の業者を動員して、海外、そして戦地へと女性を送りこんだのもまた、近代国家日本であった。

山崎朋子さんが日本社会に突きつけたインパクトを、さらに増幅させる形で森崎和江さんが果たされたのは、そうした近代国家日本の「恥部」に踏みこむという大仕事であった。同じ一九七〇年代に、千田夏光さん（一九二四〜二〇〇〇）や山谷哲夫さん（一九四七〜　）が試みようとした従軍慰安婦をめぐる記憶の発掘作業にはない、女性ノンフィクション作家ならではの力技が読者の心をゆさぶった。

それから四十年以上を経た二〇一〇年代の大学生に、あの時代の「熱気」を伝えることが私にできたかどうかは分からないが、「彼氏を連れてこればよかった」という若い受講生がいたという、そのひとことだけでも良しとしようと思った。

3

ところで、『『からゆきさん』を読む〜孕ませる男の性〜』と題した講義のなかでは、風俗作家としてかつては知られていた武田繁太郎（一九一九〜八六）の『沈黙の四十年』（中央公論社、一九八五）にもふれた。敗戦後の引揚者のなかでも、望まない妊娠を強いられた女性が、帰国した日本が、とりわけ「混血児＝あいのこ」に冷淡な国であったこともあいまって、大陸や半島での「レイプ」だけで終わらず、さらに「セカンド・レイプ」としての「堕胎」（しかも、一九四八年の優生保護法施行以前は「違法行為」だった）をまで強要されたという悲しい歴史に光を当てたいと思ったからだ。

引揚げ女性に対して施された強制堕胎に関する調査は、RKB毎日放送のプロデューサーだった上坪隆（一九三五～九七）の『水子の譜《うた》』（現代史出版会・徳間書店、一九七九）が突破口となり、その手術にみずから従事した医師たちが武田繁太郎の前で「沈黙」を破ることになったのも、上坪隆の先駆的な仕事が最初にあったからこそだった。

男性主導の戦争が引き起こした性暴力ばかりでなく、その帰結に対する二次暴力の発現に対しても、最初に目を向けたのが、女性ではなく、むしろ男性だったのは、みずから大っぴらに（「からゆきさん」の海外渡航や売春斡旋は、法の目をかいくぐるものだった）これに関与したのが男であったからだろう。「罪責感」に突き動かされた男たちが重い腰をあげて着手した、敗戦後の外地日本人女性がこうむった性暴力被害に関するルポルタージュの試みのなかで、彼らは、いわゆる「被害者ナショナリズム」に陥らないための工夫を必死に積み重ねていた。

『沈黙の四十年』の武田繁太郎が、日本軍兵士の性暴力の記憶を呼び覚ますにあたって、南京攻略日本軍兵士の嗜虐性を引き合いに出すことを忘れていなかったように、上坪隆も《北朝鮮に進駐したソ連兵》による《婦女子への暴行は、日本人ばかりでなく、朝鮮人の女性にも見さかいがなかったよう(6)》だという泉靖一（一九一五～七〇）の語りを引いた後に、南京攻略戦時に発生した《強姦ハ夜モ、又多クノ場合昼モサレタノデアリマシテ、路傍デサレタ場合ガ多クアリマシタ。南京神学院ノ構内デ私ノ友人ガ見テ居ル前デ一人ノ中国婦人ガ、代ル代ル十七名ノ日本兵士ニ依ッテ強姦サレタノデアリマス》という米国人の言葉を引いてもいた（一七〇ページ）。

もっとも、こうしたバランス感覚をいくら発動させても、《戦争に暴行はつきものである》といった枕詞や、《長い戦争の間、極端な耐乏生活をへてきただけに〔中略〕目にうつるものは何でも欲しがった》（一六九ページ）というような兵士なるものの属性の一般化が、結局は男たちの免罪欲求を露呈させてしまう。しかし、それでも「被害者ナショナリズム」に陥らないための、これはこれで「安全弁」だったのだろう。

じつは津島佑子さんの『葦舟、飛んだ』は、《母親のおなかに新しく芽生えた命》が《だれからも祝福されず、かろうじてこの世に生まれ出ることができても、母親の手で、あるいは家族の手で殺されたり、路上に、川に投げ捨てられ[7]》たりが、戦時や戦争直後だけでなく、平時であるかのようなうわべだけは取り繕いつつある今日にもなお日常の一部と化しているさまに肉迫する小説だ。そうしたなかで、こうした悲劇の連鎖に対しては及び腰になりがちな男は、《戦いと性欲は男の本能》（二四六ページ）だなどと口走ったりもする。しかも、その男（＝達夫）は、妻が《ススメバチにおそわれ》（一八ページ）て急逝し、しかも過去に家族で米国暮らしをした後、息子と娘を米国に残すことになったのは別として、その娘は「レイプ被害者」になったばかりか、妊娠が分かって、《中絶手術をするしかない》（二七〇ページ）ところへと追いこまれる。しかも、津島さんは、もう一人の登場人物（＝男）に《そりゃ、男からは、なんにも言えないよ。とくに中絶なんて》（二七四ページ）と逃げの一手を打たせてもいる。

大きなおなかをして、博多についた引揚女性を「支援」するつもりではあったのだろうが、「混血」の子どもが生まれても、その子どもが天真爛漫に育つような環境を整えようなどとは考えもしなかった日本人男性たちのあいだに内面化されていた純血主義もさることながら、それこそ「レイプ」を「事故」のようにとらえてしまう男性社会の無責任さこそが、『葦舟、飛んだ』が何よりも暴こうとしているものなのだ。

津島さんは、『水子の譜』からも多くのヒントを得られたようだが、同書は、博多港からさほど遠くない《引揚孤児のために（中略）治療保育を行な》（一二ページ）った施設（＝聖福寮）と、《外国兵に犯された女たちを、密かに治療回復させる施設》（＝二日市保養所）の二つを扱っている。そして、冒頭に「富田糸江」の名前で登場する女性は、「聖福寮」で育ち、無事に成人されたことになっているが、もしも《引揚船の中で生まれることがなかったら、彼女の母親は「二日市療養所」に送られて堕胎手術を受けていたであろう》と書かれている。要するに《「水子」となって死んだはずだ》（一三ページ）というのだ。

引揚げ女性が身ごもらされたときの暴力は、「外国の男」による暴力だが、母胎のなかで成長を続けるさなかに掻把され、「水子」として処理される赤子と、その母が被った暴力は、「日本という国家」の番人であろうとした「男性医師」たちのそれだった。「戦場での性暴力」の主役が男だっただけではなく、その後始末に関しても家父長制的な権力が強権を発動した過去があり、いまもなおそれは過去のものとはなりえておらず、男という生き物は、なにげなく「戦いと性欲は男との本能」だなどという決まり文句をなぞってしまったり、かと思えば、「家父長制の番人」としての役割から降りることに懸命だったりするのだ。

『あまりに野蛮な』はさほどでもなかったが、『葦舟、飛んだ』以降の津島作品は、男たちにはどうにもこうにも弁明の余地のない状況を架空に作りあげて、作中の日本人男性たちに「さあ悩め」と、宿題を突きつける。

4

ところで、『葦舟、飛んだ』に関しては、木村朗子《さえこ》さん（一九六八〜　）の論考「敗戦後の記憶を掘り起こす／未来の「引揚げ文学」としての津島佑子『葦舟、飛んだ』(8)」が示唆的である。

木村さんは、『葦舟、飛んだ』を、戦後生まれの作家が、親の世代の記憶を掘り返しながら、自分や隣人の性暴力体験と絡めて書いた、新しいタイプの「引揚げ小説」として読む。

あまり種明かしをしてしまっても何なので、深入りしないように心掛けるつもりだが、この小説には、《男たちは、敗戦後の女の「ヒミツ」の聞き手にはなれない》（三三六ページ）というルールが設けられていて、当事者ではないものの、ハルビンの滞在経験を持つ老女が、《友人から聞き取った》という性暴力経験も、その（息子ではなく）息子の《同級生の女たちが聞き取》（三三八ページ）るという仕掛けになっている。

《この小説には当事者が語り手となって話をする場面は描かれていない》（同前）が、《オーラルという口承文芸であるからこそ、以後脈々と伝えられるはずだという伝承の可能性》が暗示されている。木村さんが、未来の「引揚げ文学」として、この小説を読むのは、それが「あの戦後」の小説ではなく、《それ以後の戦争も含んだ未来に開かれている》（三四一ページ）小説だからなのである。

そして、『葦舟、飛んだ』が「現代的なレイプ小説」である理由はもうひとつある。《望まぬ妊娠によって生まれてきた子どもが、いかに生きるか》（三三〇ページ）を真っ向から問う小説であるという点だ。そして、この方向性を生み出す上では、《西ドイツの孤児院からスウェーデンの家庭に引き取られて》（『葦舟、飛んだ』二一九ページ）育ったという女性（＝ゼルダ）のたくましさが大きな意味を持っている。敗戦前夜や敗戦直後に日本人の間で多発した「集団自決」の話を聞いて、彼女は《うそでしょ、信じられない！〔中略〕わたしだって女として、レイプなんてもちろん、絶対にいや。そんなの最悪よ。でも殺されるかレイプか、となれば、わたしはレイプを選ぶ。自分から死ぬなんて、そんなもったいないことはしない。レイプされて、子どもが生まれたとしても、このわたしを見て。わたしがそういう子どものひとりなのよ。わかる？　わたしの命を、だれにも否定させないわ！》（二二一〜二二二ページ）と言い切る。日本の女性にここまで単刀直入に自己（レイプ被害者の女性と、レイプによる妊娠の結果生まれた子）を肯定させる勇気が、たぶん津島さんにはなかったのだ。しかし、こうした西洋人女性の声によっても励まされながら、「レイプ」が「ジェノサイドの連鎖」をともなってしまう悪夢から脱出するための女性たちの闘いが、地道に語られていく。

「アパルトヘイト」の遺習が色濃く残る南アフリカで、「セクハラ」沙汰を起こして大学をクビになった男が、娘のところに転がりこみ、今度はその娘が「レイプ」を受けて、妊娠する。しかし、彼女はみずからをはかなむことも、子をおろすことも考えない。その決意に父親はなかなか同意できないでいるのだが、女性は自分と、自分の子どものことは自分で決める。J・M・クッツェー（一九四〇〜　）の『恥辱』（一九九九）とはそういった小説である。

文学が「レイプ」を扱うときには、細心の注意が必要とされるのだが、クッツェーや津島さんは、それぞれに名人芸を示してみせたということなのだと思う。

クッツェーの名人芸は男性作家なり、津島さんのそれはまさに女性作家なりではあるが。

そういえば、『恥辱』は、過去の「アパルトヘイト」や「男性中心のセクシズム」から脱却を試みようとする人間たちが、そのかたわらで動物の「安楽死」を商売にさえしている。そういったやりきれない現状を突き付けてくるという意味においても批評的である。じつは『葦舟、飛んだ』にもわずかではあるが、犬が出てくる。

体の不自由な父親を世話している初老の女が、かつての同級生の息子に父親の介護を依頼しているのだが、外出から戻ったら、《玄関先に、大きな体の男がうずくまってい る。よく見ると《めがねをかけたその眼と鼻が赤くなっていて、頬が濡れている。》女は《とうとう父が死んだ》と思い込む。ところが、《様子を見に来たら、もう冷たくなっていた》(三二四ページ)のは、同じ家で飼っていた「老犬」(=クロ)だった。そして、二人はその後、犬の死骸を家の庭に埋めることになる。

草取りのとき、ヒキガエルが出てきて〔中略〕びっくりさせられた。〔中略〕アマガエルもきっとどこかにいるわよ。トカゲとか、ヤモリも。……ここにクロを埋めたら、クロの体は分解して、土の命に変わっていく。土の中って案外にぎやかなものよ。クロも、だからさびしくないわ。(三二三〜三二四ページ)

戦後、福岡の二日市保養所で「処分」された《赤ちゃんの遺体は〔中略〕保養所の一角にある桜並木の土手に埋められた》(『水子の譜』一八八ページ)とのことだが、この「土」へのこだわりは、日本人だからなのか。

5

ところで、『葦舟、飛んだ』を書くにあたって「男は敗戦後の女の「ヒミツ」の聞き手にはなれない」というルールを津島さんが念頭に置いておられたとして、そのさい、検討しておきたいことがある。

たとえば、「からゆきさん」がそうであったように、「日本軍慰安婦」をめぐる「語り」は、そもそも男たちが着手したことがらであった。後に川田文子さん(一九四三〜)の『赤瓦の家』(筑摩書房、一九八七)によって広く知られることになる朝鮮人元慰安婦、裵奉奇《ペポンギ》さんの声と姿を最初に記録に残したのも、山谷哲夫さんという男性の映画作家だった。それこそ田村泰次郎(一九一一〜八三)から千田夏光へと引き継がれた戦後日本男性の好奇心や倫理観が、ないまぜになって、そうした歴史の「恥部」に対する接近を促したのだった。そして『天皇の軍隊と朝鮮人慰安婦』（三一書房、一九七六）の金一勉（一九二一〜　）を嚆矢とする天皇の戦争責任の一部に「植民地女性の戦時動員と性搾取」を加えようという動きが、この流れに新機軸をうち出した。

そうしたなかで、『赤瓦の家』は、「慰安婦ルポルタージュ」としては、遅れてきたひとつであったが、一九七〇年代の山崎朋子さんや森崎和江さんらの「聞書き」の系譜に列なる、「女の「ヒミツ」」に肉迫すべく、女性自身が立ち上がった事例として、それまでの男たちの仕事にはない深みを備えていた。いまから思えば、そこから金學順さんの「名乗り」までは、あと一歩だったのである。

そして、「軍慰安婦」のケースとは異なり、「引揚げ女性」がこうむった「被害体験」に関しては、なまじ藤原ていの『流れる星は生きている』（日比谷出版社、一九四九）を筆頭に、女性が書いた「回想」が戦後の「引揚げもの」の主流をなしたという前史があったために、見えにくくなっているのだが、その「被害体験」に含まれた「性暴力被害」の側面に対して正面から目が向けられた最初の事例は、じつは上坪隆の『水子の譜』だった。そして武田繁太郎の仕事がそれを補足した格好である。

しかし、そうした男たちの試みを横目に睨みながら、山崎朋子さんや森崎和江さんらの「聞書き」を追いかけるように、別の切り口を試みられたひとりとして、林郁さん

（一九三七〜　）がおられた。

満洲移民が多かった長野県出身であったことが林さんの背中を押したとも考えられるが、その後、「引揚げ女性」みずからが聴衆の前で、数々の証言を試みられるような時代が訪れるまで、ひとまず「聞書き」に何が可能なのか、そこを問おうとされたのが、林郁さんだった。

すでに小説家として、またノンフィクション作家として知られていた林さんとは、私の場合、植民地文化学会に顔を出すようになった二〇〇八年ごろ、やっとお目にかかる機会を得たのだが、中国語を習得された上で、満洲引揚者に対する関心を深められた林さんの仕事の新しさは、敗戦直後の数年間に引揚げた女性たちにたどり着く前に、むしろひとまずは「引揚げ」の波に乗ることをせず、日中国交回復後に「中国残留婦人」としてようやく「帰国」されることになった女性たちとの出会いという、きわめて特異な回路を経由したものであった点にある。

『満州・その幻の国ゆえに』（筑摩書房、一九八三）は、《薄い便箋をびっしり中国語で埋めた手紙のすみに「これは父にかくれて習った日本語です」と付記され、小さな平がなが記されていた。／〈おかあさん、あなたがこいしいです〉》[9]という説明書きに先立つ形で、「中国残留婦人」として日本に住まうことになった女性に届いた娘さんからの手紙の引用から始まる。

おかあさん、お元気ですか。病院の仕事はつらくありませんか。一昨日もおかあさんの夢をみて、目が覚めてからもずっとおかあさんのことが気がかりでした。そして、気持が通じたのでしょう、お願いしてあったあなたの声のテープが届きました。あなたの声をテープレコーダーで聞き、私はたいへん興奮しました。まるでおかあさんが身近にいるようです。そのうち私の心はひどく痛みはじめました（七ページ）。

林さんが、同書中では「山田タミ」の偽名を与えられる女性と知り合ったのは、《八一年春》のことだそうで、同じく「中国残留婦人」として長野県南木曽に新たな生活場所を見出していた「小口宗代」（偽名）という女性を介してであったらしい（八〇ページ）が、林さんは、こうした女性たちを相手に《中国語をまぜ》ながらの聴き取りを慎重に進められたのだった（二四ページ）。

そして、そうしたいわゆる「引揚者」ではない女性たちの解放後中国東北部での生活史を聴き取るなかで、林さんは、同じ長野県出身の「大陸花嫁」で、《満州最大の悲劇といわれる「佐渡開拓団跡事件」の惨事》を生き延びた女性とも知り合うことになる。「高山すみ子」という名のその女性は、「佐渡開拓団跡」で「集団自決」を覚悟し、《二人のわが子を銃殺してもらい、自分自身も仲間に射殺してもらう瞬間、小銃を構えたその人がソ連兵の弾丸に倒れたため生き残ってしまった》（六二ページ）のだった。

そして、そうした彼女であればこそ、日中友好協会が一九八〇年六月に企画した「農業視察団」に加わり、満洲再訪を思い立たれたということなのだった。そして、そこで《母に会いたいと訴えてくる〔山田タミの〕末娘》（六〇ページ）と知り合い、こうした経緯で、同書のなかでは、まだ「旧満州」の地を踏むこともなかった林郁さんの聴き取り対象女性のなかに、「中国残留婦人帰国者」と「元引揚者」とが入り混じるという独特の対位法が試されることになった、これは後に蘭信三さんらが進めていかれる「戦争社会学」の一端を担うことになる拡大版の「引揚げ研究」の先駆形をなすものだったとも言えるだろう。

しかも、林郁さんの仕事が、津島佑子さんの『葦舟、飛んだ』を読む上でも重要だと思うのは、それが『からゆきさん』の森崎和江さんや、『赤瓦の家』の川田文子さんらの仕事にも列なるフェミニスト的な志向性を強く持つものだからである。

刊行から三年目の一九八六年には、ちくま文庫の形で再刊された『満州・その幻の国ゆえに』に続き、彼女が世に問うた『大河流れゆく／アムール史想行』（朝日新聞社、一九八八）は、満を持して、「旧満州」（それも極寒の）の地に足を踏みこまれた紀行文の形式をとるが、とりわけ「おんなと国家と」と題された「一章」は、森崎和江さんのフェミニズムとさまざまな意味で通底する問題意識の上に仕上げられた作品である。

後に「旧満州」や極東ロシアにまで流れていった「おろしや女郎衆」については、《万延元(一八六〇)年六月、ロシアの軍艦ポスサヂニクが長崎港にはいってきた》際の後始末として編みだされた日本の「検梅」の歴史に結びつけながら『からゆきさん』のなかにも言及があるが、その後、港町ウラジオストクを拠点にして、「北方からゆきさん」が急増する。そして、「おんなと国家と」の「前半」の最後で、林さんは《シベリア出兵の将兵たちが敗れて引き揚げたあと、置き去られた女たちは、今様にいえば、第一次残留婦人である》と書きながら、次のようなエピソードを紹介している。

そのころ現地民の妻になった人が生み落とした子どもの一人に出会ったという人がある。〔中略〕一九四三年(昭和十八年)に、十八歳だった漁師が〔撫遠県海青の〕警察署に来て、たどたどしい日本語でいった。

「私の名は太郎です。私の母は九州出身でシベリア戦争に参加しました。父は漢人です。母は自分のことを日本に伝えてほしいといって死にました」[10](六八ページ)

青年の母親が「シベリア戦争に参加」したという言いまわしは、まさに「娘子軍《じょうしぐん》」という言葉の含意をそのまま受け止めたものであると言えるだろう。そして『大河流れゆく』の「おんなと国家と」の章は、「昭和の娘子軍」と題された「後半」へと進む。そして、そこには、たとえば、中村忠直の「満蒙の旅」(『東洋』第四一九号、昭和八年十一月)から次のような一節も引かれている。

日本軍が進軍すると、幹部の第一に心配する事は、娘子軍の輸入である。〔中略〕娘子軍は断じて淫売ではない。彼等は戦闘が急になると、砲弾の間をくぐって兵糧を兵士諸君のところへ命を捨てて運ぶのだ。而して負傷兵にとっては、妻の如き看護婦となるのだ。どこが淫売か。予は叫ばざるを得ぬ。モガ達よ、モボ達とつまらぬ性的放恣に遊ぶより、軍隊へ行って本当の義勇娘子軍となり、性慾奉仕をなせと。(七七〜八ページ)

そして、こうしてイデオロギー化された軍慰安所制度の内実を知ることもないまま、《大手製糸会社の〔中略〕工場で工女をしていた》あいだに《新天地満州の豊かさ》を聞かされ、《十一年秋にハイカラなインバネスに鳥打ち帽を着けたよそのおじさんについて》(八三ページ)満洲へと渡っていたという女性(=ユキさん)の話がとりあげられる。

新潟から船で清津、そこからは汽車で満洲のハルビンに連れて行かれて、そこで料理屋の酌婦を務めるようになったのだが、そこで「軍人や憲兵」を客に取ったりもしていた彼女は、アムール川〔黒竜江〕の支流である松花江を舟で下って富錦に向かったというのだが、そこで「軍慰安婦」としての任務を務めた彼女は、ソ連軍の侵攻後、ひきつづき「娘子軍」としての任務を授かることになった。《娘を守るために慰安婦として出てくれ》と「開拓団の人たち」から頭を下げられたのだった。

「ロスケにただで乗られるのは強姦ですよ。しょうばいじゃない。……慣れてはいても、しょうばいよりずっと苦業です。病気もうつされました。脳梅みたいに気い狂った娘さんもいます。〔中略〕私は引き揚げ後に高いペニシリンで治しましたが、忘れる薬がなくて困りました。〔中略〕怨むとつらいから、いまは毎朝毎夕お経をあげ、勤行しております。」〔八九ページ〕

林郁さんの『大河流れゆく』は、「からゆきさん」「軍慰安婦」「ソ連兵による性暴力被害」や「接待」といった諸現象をすべて説明するかのような「娘子軍イデオロギー」を森崎和江さんの『からゆきさん』を踏まえる形で、さらに広げていこうとした意欲作だった。

そして、その彼女から話を聞く約束を取り付けた林さんに向かって、「ユキさん」は次のようにおっしゃったという――《戦後はずっと男を避けて生きてきました。いまも男が嫌いです。おたくの名（郁）を男とまちがえて、会いたくないと思って、〔間に入って下さった〕Hさんにことわりましたです。Hさんが、女の人だというので、会う気になりましたが……》（八五ページ）と。

「男は敗戦後の女の「ヒミツ」の聞き手にはなれない」という暗黙の了解が、そこでもはたらいていたということである。

6

しかし、「男は敗戦後の女の「ヒミツ」の聞き手にはなれない」というルールは、小説を書くときの「手法」ではありえても、人間社会そのものがこの「ルール」でがんじがらめに縛られているわけではない。

たとえば、『戦争社会学の構想』（福間良明・野上元・蘭信三・石原俊編、勉誠出版、二〇一三）に収められた猪股祐介さん（一九七六～　）は、「満洲移民女性と戦時性暴力」と題された「コラム」のなかで、《二〇〇〇年に岐阜県黒川開拓団の聞き取りで得た強姦被害者の語り》[11]をふり返りつつ、「性暴力被害者」が単純な意味における「被害者」の枠には収まらないことを論じている。

ひとつには、古久保さくらさん（一九六二～　）の論文「満州における日本人女性の経験――犠牲者性の構築」(『女性史学』九号、一九九九)を踏まえつつ、猪股さんは《「祖国に帰る」ため、「開拓団を助ける」ため、〔接待所行きを〕「ひたすら耐えた」体験は、犠牲者像に収まらない主体的行為を伴っていた》と書いた上に、さらに《その主体的行為は、接待所での強姦にとどまるものではない。それは引揚げから現在に至るまで、体験を想起し語るなかで続けられてきた》と書いている(一〇五ページ)。

そして、満洲での性暴力被害者が《筆者に接待所での体験を語った》二〇〇〇年の聴き取りをふり返りながら、猪股さんは、こう書きつけておられる。

筆者が一九七六年生まれと歳が離れていることや開拓団関係者でないこと、敗戦から五十五年が経ったことが体験を語りやすくしたと思われるが、これらに加えて、一九九一年の金學順の証言をきっかけとする「従軍慰安婦」問題が、彼女の主体化に大きな役割を果たした。彼女は自らのソ連兵による強姦体験を従軍慰安婦と重ねて語った。従軍慰安婦が戦時性暴力を社会問題としたことで、彼女は自らを「犠牲者」でなく行為体と捉え、その体験を後世に伝えるべく語ったのである。(一〇六ページ)

「男は敗戦後の女の「ヒミツ」の聞き手にはなれない」という暗黙の了解が解除される

ためには、さまざまな条件が重なる必要があるということのようである。

じつは、私が戦争末期から日本の敗戦後にかけての「ソ連兵による強姦」のことに目を開かされたのは、ブラジル移住者で、作家のリカルド宇江木さん（一九二七〜二〇〇六、一九七八年にブラジルへ帰化）の小説『白い炎』[12]（二〇〇一）を知ってからである。

この小説自体が二十一世紀に入ってから書かれたものであり、まさに「戦時性暴力」を「ジェノサイド」に準ずる「人道的な罪」とみなすレールが敷かれたのが、ユーゴ内戦・ルワンダ内戦のあった一九九〇年代をくぐり抜けたことを考えると、これもまた新時代の産物であったといえるだろう。

またブラジルやアルゼンチンでは、ヨーロッパの女性を「フランス女」や「ポーランド女」という商標とともに南米へと送り出した「女性人身売買」をめぐる歴史研究が進んだことも、さらに問題意識を深化させたかもしれない。

そんななかで、リカルド宇江木さんは、男の目から見た「戦時性暴力」を小説の素材として、日本の出版界や文壇のことなど気に掛ける必要のないまま、ブラジルで私家版の刊行に漕ぎつけたのだった。

しかし、こうした「歴史修正」ならぬ「歴史の語り直し」の機運のなかで、重要なのは、個々の「戦時性暴力」を時代や地域に特定せず、むしろそれぞれを「共鳴」させることである。

リカルド宇江木が次作『マルタの庭』において試みた「共鳴」に向けた実験については、『外地巡礼――「越境的」日本語文学論』(みすず書房、二〇一八)のなかでふれたことがあるので、それを、ここに引いておく。

ドイツ人マルタは、ソ連軍による解放直前のドイツでソ連兵からレイプを受けて妊娠する。ナチの下級将校でユダヤ人虐殺の実行犯でもあった父を持ち、ユダヤ人による追及を恐れた彼女は、父とともにブラジルに逃亡。しかもドイツからの脱出にあたって意識的にユダヤ人の移住組織に潜入し、ユダヤ系の男性と結婚したために、その男からことあるごとに過去を追及される日々を送ることとなった。満洲からの引揚げでソ連兵の暴行を何度も目のあたりにしてきた主人公は、そんなマルタの心を癒すかのようにその打ち明け話の選ばれた聴き役に徹するのである。(13)

「男は敗戦後の女の「ヒミツ」の聞き手にはなれない」というのは、なるほど公共圏のなかでは、強い傾向性を持っているといえるだろう。しかし、たとえば恋愛関係にある人間と人間のあいだに「希望」として立ち上がってくる「親密圏」では、まったく話が別である。「男が敗戦後の女の「ヒミツ」の聞き手になる」という事例に、私は、イツホク・バシェヴィス・シンガー（一九〇二〜九一）の小説のなかで何度も遭遇してきたし、ウィリアム・スタイロン（一九二五〜二〇〇六）の『ソフィーの選択』（一九七九）の女主人公、ソフィー（＝ゾーフャ）は、真の愛人（ネイサン）はユダヤ人であったために真実を語れなかったが、もう一人の男の友人（スティンゴ）には、思わずそれを語ってしまう。

ひとつひとつの「語り」の信憑性という踏み絵にはそもそも立ち向かえないのが小説だが、逆に「真実の語り」らしきものが、いついかなる場所で、どのように「遂行《パフォーム》」されるのかを語るのが、小説というものなのかもしれない。(14)

7

じつは、『葦舟、飛んだ』を読みながら、両大戦間期ポーランドの奇才、画家で、劇作家で、哲学者でもあったスタニスワフ・イグナーツィ・ヴィトキェーヴィチ（一八八五〜一九三九）が、彼自身も何冊か残している「小説」に与えた定義のことを思った。小説は「ずだ袋《ヴォレク》」だというのである。(15) 絵画は「純粋形式《チスタ・フォルマ》」を追求しうる芸術だし、演劇にもそれが少しは可能だが、小説にはそんな能力も使命もない。ひたすら何でも手当たり次第につめこむのが「小説」だと。

そう思ったのは、『葦舟、飛んだ』は、津島佑子という戦後を代表する作家の「小説」

だが、作中人物（戦後第一世代の小学校同級生と、その妹や子ども）が、ときにはみずからの経験を書き、死んだ仲間の遺品のなかからみつかった覚書をもとにして作文にし、あるいは関心の赴くままに読書ノートを順次メールで共有するという構成をとっているからだ。そして、最後は、仲間のうち、成人男性を省いて、女たちが老母の「ヒミツ」に耳を傾け、その中身を事後的に男らと共有する。いってみれば、作家ではないまでも、戦後の教育のなかで、そこそこの作文力を培われた戦後第一世代、第二世代の男女が、「夏休みの自由研究」さながらの文章を順ぐりに仕上げ、それらが「小説」という大きな「袋」のなかに放り込まれるという「寄せ書き」の体裁をとっているのだ。

多視点小説というものは今日では珍しくないが、「作者性」が高いわけではない「語り」の積み重ねと共有化が「作者」なるものの「複数化」をもたらしていく。この小説を論じた木村朗子さんが、これを「以後脈々と伝えられるはずだという伝承の可能性」に賭けた小説として読もうとされるのは、まさにこうした「歴史の暗部」を「国民の記憶」なかにの定着させるための津島さんならではの工夫に対する全面的な支持表明だ。

そして、そうした「作文」のなかには、「日本人の引揚げ体験」を、それこそ「汚辱の世界史」のなかに再配置するためだと言ってよいと思うが、雑多なものが混じりこんでいる。それこそが、「帝国日本」が企てた「世界戦略」に巻きこまれながら、「帝国崩壊」の後に「難民化」を経験することになった極東の人々を「カタログ化」する試みとしての小説を可能にした。

■

満洲国建国以前からハルビンの住人だったロシア人の一家は、敗戦後、ソ連邦を支持するかしないかで、一家離散に陥り、ソ連邦に渡った男は、マガダン州のコルィマ送りになり、女性だけが何とかカザフスタンで生き延びる。逆に、ソ連邦を選ばなかったサーシャという青年は、《日本にだったら、喜んで移り住みたかった》とふり返りはするが、《亡命ロシア人〔中略〕が日本に「帰国」するわけにはいかなかった》(三〇五ページ)。そして、さんざん悩んだあげく《アメリカへ移住することに決め》(三〇六ページ)、《オーストラリアのシドニー〔中略〕のバラックでアメリカ移住の許可が下りるのを待》(三〇七ページ)ったのだった。そして、その彼が、ニューヨークに駐在する日本人の妻に日本語で声をかけてきて、それがきっかけで二人は親しくなる。

このサーシャをめぐるエピソードには、さまざまな「ジェノサイド」をかいくぐりながら生き延びたサバイバーならではの、きわめて繊細な感情表現がちりばめられている(しかも、スズメバチに刺されて急死した妻の遺品をさぐりながら、夫はサーシャの「ヒミツ」とともに、彼と妻との「ヒミツ」にまでふれてしまうのだ)。

満洲や北朝鮮の日本人にとっては、恐怖の的でしかなかった《輝かしきソ連軍》を目の当たりにしたハルビン生まれのロシア人少年は、《こんなものか、と〔中略〕びっくりした》とばかりか、《日本人や中国人に対して居心地の悪い恥ずかしさも感じた》（二九九ページ）という。この箇所で私は目がくらみそうになった。

また、それから《二週間ほど経って〔中略〕それまでの割合ぜいたくな社宅から追いだされ》た彼の妹（＝オーリャ）が、《黒いおかっぱ頭の日本人形をしっかり抱いてい》て、《この人形はNY市に住むオーリャの手もとに残されている》とのエピソードにはしんみりもさせられた。サーシャはサーシャで、社宅を去る際に《大切にしていた飛行機の写真集や磁石、学校で遊んだベーゴマやメンコなどを自分のリュックに入れ》（三〇一ページ）たりしていたようなのだが。

そして、まだ年も若かったため、どうにか生き延びられたサーシャではあったが、「満洲崩壊」の前後に戦争に巻き込まれた白系ロシア人の若者がたどった不条理な運命には絶望を覚えるしかなかったという——《日本の関東軍が編成した白系ロシア人部隊には、ソ連のスパイが混じっていた。ソ連軍侵攻の際、このスパイに気がつき憤激した日本軍によって、ロシア人部隊の一部は殺された。残りは全員、ソ連軍に捕まり、十五年の刑期で「マガダン送り」となった。彼らとていやいやながら、日本軍の兵士になっただけだったのに。》（三〇四ページ）

国家という歯車のあいだに体を挟まれて肉も骨も粉々に粉砕される「周縁的な存在」の悲しみ。

■

どうやらハルビンで《捨て子》（三七三ページ）だったところをロシア人に拾われ、「アーニャ」の名前で呼ばれることになったらしい少女は、《本当の名前は安華《アンファ》》（三七〇ページ）と思いこんではいるが、「捨て子」であった彼女に、その名前を与えたのは、彼女自身が《おばあさん》だと思ってなついていた、同じ家ではたらいていた《料理人のおばあさん》（同前）にすぎなかったのだろう。そして、この「アーニャ＝安華」はその後、新しく満洲に乗り込んできた日本人の家にもらわれ、さらに一家はハルビンからチチハルへ移住。そこでいつの間にか彼女は娘ざかりを迎え、家の《長男が「内地」から戻ってきて〔中略〕屋根裏部屋に通っ》てくるようになる。そして、その《結果〔中略〕妊娠》（三七七ページ）。ただ、その「長男」は、《「南方」で病死し》（三七九ページ）、「満洲崩壊」後は、《どうして〔中略〕日本人たちと一緒に逃げるのかな》と疑問を覚えながらも、日本人の子どもを産んだ《わたしは、中国人から見れば日本人なんだ》（三八一ページ）と割り切って、日本人引揚げの一行に加わる。後に彼女は、日本人の若者（＝高田）と恋仲になって《「高田さなえ」という日本の名前を持つ日本人》（三八三ページ）になる。《「さなえ」は安華が自分で選んだ名前だった。そのひびきが、とてもきれいに感じられたし、ひらがなの形が好きだったの》ということだ。「難民化」した、とくに女性に多い、複雑な「名前の遍歴」。

だが、その彼女が高田とともに引揚船に乗った時点で、最初の子どもにはすでに死なれていたものの、今度は高田の子を身ごもっていた。そして、そんな彼女を試練が待っていた。博多の港で、《さなえは、性病や「不法妊娠」でお悩みのご婦人は医務室で相談に応じます、秘密は絶対に守ります、と書いてある紙を渡され》るのだ。そばに高田がついていてさえ、そんな目に遭わされ、彼女は近寄ってきた若い《男の足を蹴り、頬をはたい》（三八六ページ）たりまでした。

■

「内地」で結婚して「満洲」に渡ってきた「圭子」という女性は、その《夫は兵隊にとられて、行方不明になり》（三九一ページ）、そのまま「満洲崩壊」のときを迎える。彼女は「安東」（現在の丹東）まで逃げてくるが、《朝鮮との国境になる鴨緑江の鉄橋が破壊されたので〔中略〕身動きできなく》なり、そうこうするうちに、《野戦病院で看護婦として働きませんか》と持ち掛けられ、同行していた《義理の妹はひとりで日本に戻》し、彼女自身は《解放軍とともに、危険がいっぱいの前線から前線へと移動しつづけ、北朝鮮にも行》ったという。そして、《中国語は、自分ひとりで身につけ》、《こうなったら、新しい中国という国で生きていくしかない、と〔中略〕思い決め》、《王美陽という中国の名前に変え》（三九二ページ）たという。

そして、黒龍江＝アムール河の対岸にブラゴヴェシチェンスク（「受胎告知」の意味で、一八五八年に大聖堂が建設された）の町が望める黒河市の病院で党関係の中国人と知り合った彼女は、ややこしい手続きを経て、結婚。日本の親とのやり取りにも手間のかかる日々が続いたし、《エレーナというロシア人のおばさんに子どもたちの世話や家事の手伝いを頼んでい》（三九六ページ）たのだが、その「エレーナおばさん」は、姿を消したと思ったら、《河に飛びこみ自殺をしてしまったという話を聞》（三九七ページ）くことになる。中ソ関係の悪化が急速に悪化していった時代だ。そんなさまざまな隣人たちの悲劇を至近距離から見据えながら、彼女は《「残留日本人」は希望すれば帰国できる》ようになった時期に多少《悩み》はしたものの、結局は中国に残る道を選び、家族に囲まれながら《八十歳まで生き》（三九八ページ）た。

この彼女の生涯を、その娘から中国語で聴き取った若い日本人女性は、先に紹介した「日本人になって引き揚げてきた中国女性」の話と、この彼女の事例とは《正反対の方向のお話だ》（三九一ページ）を書き添えている。

こうしたさまざまな移動経験は、ひとつひとつが「ジェノサイド」の恐怖にさらされながらの「選択」の積み重ねからなりたっている。そして、主要登場人物が通っていた東京都内の小学校には、《朝鮮戦争のとき〔中略〕もともと満洲にいた家族に連れられ半島を逃げまどい、とうとう日本まで逃げてきたそうだ》（四四〇ページ）と職員室で噂されていた少年が通ってきてもいたが、日本人の「難民体験」は、朝鮮人のそれのみならず、中国人やロシア人のそれとも分かちがたく、よりあわさっているのである。津島佑子さんは、まさに「難民化」の経験を背負った親たちを持つ子どもたちとともに自分は生きてきたのだ、という思いとともに、この小説を書かれたのだと思う。

となれば、津島佑子さんの世代のなかには、「不法妊娠」の嫌疑をかけられて、結局は生き延びられなかったとはいえ、もしも生き延びていたら同級生になっていたはずの子どもたちもまた「虚数」として含まれていたと考えるべきだろう――《生まれる前に殺されてしまった赤んぼたちは、夢のなかでくすくす笑う。》（四二三ページ）

8

『葦舟、飛んだ』をより深く読みこむにあたっては、『引揚・追放・残留／戦後国際民族移動の比較研究』（蘭信三・川喜田敦子・松浦雄介編、名古屋大学出版会、二〇一九）が参考になる。

同書には、山本めゆさんの「性暴力被害者《サヴァイヴァー》の帰還／「婦女子医療救護」と海港検疫のジェンダー化」という論文が収められ、同論文は次のように始まる――《敗戦を前にした関東軍の撤退とソ連軍の侵攻、戦後の引揚援護政策の遅延などにより、満洲や朝鮮半

島北部に残された民間人は剝き出しの暴力に晒された。[16]》

「帝国崩壊」後の世界秩序再編の動きのなかで、とりわけ「周縁的な存在」が「剝き出しの暴力に晒された」のは、『葦舟、飛んだ』がその主題としたこと、そのものである。しかし、山本さんが、同論文のなかでこの問題を取り上げるのは、その後、内戦や冷戦に巻きこまれた旧満洲(とくにソ連邦との国境地帯)や朝鮮半島ではなく、占領軍と日本政府の合作として「婦女子医療救護」の名の下に行使された占領下日本における「生権力」の実相に触れようという意図からである。

そもそも「妊娠状態にある引揚女性」が「剝き出しの暴力」に晒されたのは、帰国以前にふるわれた「不法な性暴力」の痕跡を消そうとする「純血主義」的なそれなのだが、山本さんは、これを人間の移動の大規模化・活性化が進んだ十九世紀後半以降の「国境管理」の厳格化という文脈のなかでとらえなおそうとする。《国籍・身分を保証するパスポートや査証の制度、個人識別のための指紋法、教育水準に応じて入国希望者を選別するための識字テストなど、今日のわれわれにも馴染み深い技術の多くが、この時期の人の移動の活性化に対する防衛的反応として導入され、のちに主権国家体制の標準装備となっていった》(同前)からである。

そして、戦前以上に国境管理が厳しくなった占領時代に、最も「剝き出しの暴力」として発動されたのは、ひとつにはコレラをはじめとするパンデミックからの内地防衛、もうひとつが国際共産主義勢力からの内地防衛、この二つだった。後者には、いわゆる「朝鮮人の密航」や「抑留日本人の帰還」に対する治安体制の強化が対応するのだが、山本さんはあくまでも厚生省の管轄であり、優生保護法的措置と地続きでありながら、しかし、そこに「防疫」という衛生学的な観点を付け加えた「婦女子医療救護」に注目する。

「外地」からの本格的な「引揚げ」が始まるのは、一九四六年三月以降だが、そこで《引揚援護院が厚生省の外局として誕生し、臨時防疫局もここに統合され、医務局は検疫局と改められた。》（一七七ページ）

戦前の公娼制度にはすでに「防疫」の発想があったが、敗戦後は《海港検疫の対象疾病はコレラ、ペスト、痘そう、発疹チフスおよび黄熱に限られていたのに対し、引揚者に対する検閲ではその他の法定伝染病、結核、らいおよび炭疽の検診、さらにしらみの有無についても検査することが指示され》、しかもそこには《すでに法定伝染病の中に性病が含まれていた》（同前）のだった。もっとも、《一九四七年八月より函館・舞鶴・宇品・佐世保という四つの港の検疫所で、男性も含めたすべての帰還者を対象とする梅毒検査が始まって》（一七八ページ）いたというから、帰国前の身体に「けがれ」が生じている可能性は、男女を問わず疑惑の対象となってはいたのだ。

しかし、おそらく重要なのは、「不法妊娠」にともなう「混血児の出産」という一連の活動が予想される「婦女子」を重点的に監視しようというまなざしが「優生主義」ばかりでなく、「防疫」の観点からも正当化されていたという事実だ。

そして、こうした「防疫」の発想は、そのまま「治安維持」の観点からの「共産主義者」の入国を阻もうとする政治・軍事的な「入国管理」の発想にも直結した。

私は両大戦間期のポーランドのことを調べ始めた留学中に、一九一八年十一月の再建国後、たちまちソ連邦（赤軍）との国境画定戦争に巻きこまれたポーランドで、「東方からの帰還者」を危険視し、さらに内外の「ユダヤ人」を「共産主義者」と同一視する「ユダヤ＝アカ《ジドコムーナ》」の神話をナショナリスト政党が拡散させていたのを知った。対赤軍戦争（一九一九〜二一）の時期には、「伝染病《ザラーザ》」という言葉が頻繁に用いられた。

同じころ、極東では「シベリア出兵」を契機に、ロシア人に加えて、「不逞鮮人」を極度に警戒する空気が強まったわけだが、「八・一五」以降は、戦前から続く「外国人恐怖《ゼノフォビア》」が克服されるどころか、多くが「赤化」しつつあったアジア諸地域からの「帰国者」が、治安維持もさることながら、防疫の名の下においてさえ危険視される体制が確立し、言ってみれば、現在も根強い、というよりいっそう強化されつつある日本の排外主義の起点には、戦前の反共主義や植民地主義的な人種主義に加えて、冷戦シフトのなかで強まった「ひきこもり政策」があったとみるべきかもしれない。

ひとの「経歴」career をみるときに、その人間が「伝染病」や「破壊的なイデオロギ

1919年の憲法制定議会選挙に向けたポーランド国民民主党候補者のポスター：「レーニン、トロツキイ、スパルタクス団から金を握らされたユダヤ人の傀儡である社会主義者はポーランドを危機に陥れる……」

ー」の「運び屋」carrier であるかもしれないと疑うところから「防疫」が始まる。日本の近代史は、この流れをじつに「優等生的」にたどったのであり、「婦女子医療救護」は、まさにその根幹に位置づけられるものだったのだろう。

はたして同じような「治安維持＝防疫」という観念連合が、朝鮮戦争前後の半島（とくに韓国）や、中華人民共和国建国前後の「中国」（とくに台湾）に生じたのかどうか、ぜひ知りたいところである。

たとえば、戦地から命からがら帰り着いた元従軍慰安婦、あるいは徴用その他で日本に渡った後に帰国した者どもを待っていたのは、いかなるイデオロギーだったのか。家父長制、民族主義、コミュニズム……、しかしそこにまだフェミニズムはなかっただろう。

9

朴沙羅さんの『外国人をつくりだす／戦後日本における「密航」と入国管理制度の運用』（ナカニシヤ出版、二〇一七）は、日本の敗戦＝朝鮮半島の「解放」の後も、少なくともサンフランシスコ講和条約施行までは「日本国籍」を有していたはずの「旧大日本帝国」の植民地出身者が、たとえ日本内地に「残留」していてさえ、徐々に「外国人」の扱いを受けるようになる過程のなかで、新生日本国、あるいはそれ以上に占領軍の世界戦略（防共など）を受けて、「旧植民地」からの「密航者」の存在が、その口実とされた経緯をたどる、新しい切り口からの「在日朝鮮人研究」である。

現在は社会学畠で「オーラル・ヒストリー」の活用法が実践面ばかりでなく、理論面でも進歩を続けているようだが、二作目『家《チベ》の歴史を書く』（筑摩書房、二〇一八）とも多少重なる「聞書き」の部分は、当時を彷彿とさせる一級の史料だ。

日本の敗戦後、済州島四・三事件から朝鮮戦争にかけての「朝鮮人密航」に関しては、金達寿さん（一九二〇～九七）の『密航者』（筑摩書房、一九六三）や金石範さん（一九二五～　）の『火山島』（文藝春秋、一九八三～九七）など、みずから「密航」の経験はなかった作家の書いた小説や、他方、みずから「密航者」であった金時鐘さん（一九二九～　）の『朝鮮と日本に生きる――済州島から猪飼野へ』（岩波書店、二〇一五）などを読むことで、それなりに知っていたつもりだったが、あらためて複数のサバイバーの声に触れることができたことは、私にとって大きな衝撃だった。

本論のなかでさほど重要な核心部分ではないのだが、とりわけ朴さんのユーモアを感じたのは、同時期に玄海灘を西から東へと渡った、朝鮮人密航者と日本人引揚者の行動様式の対比だ。「密航者」であれば「朝鮮人」であることを見破られないように「日本人」になりすまそうと必死なのだが、そこには落とし穴があったというのである。

朴さんは、《「警備船や！」って。みんなで押し合いへし合い船底に入った[17]》という語りや、上陸後、《米〔を〕やったらな、〔日本人の〕おじいちゃんがものすごい喜んで》（一三九ページ）という語りなどを引いた後で、朝鮮からの引揚げ日本人の回想をこれに並べ、「日本人になりすます」ことの困難さを皮肉にあふれる手法で浮かび上がらせる――《前方から一艘のイカ釣り船が、こちらに向かって進んできました。皆、船の手すりから身を乗り出し、「オーイー！」「オーイー！」と手を振って叫んだものです。寄ってきた船に、父が、「対馬の方向が分からない、教えてくれ」と叫びました。すると、イカ釣り船の人達は、「では、私たちが案内しよう」と、水先案内人として対馬まで連れて行ってくれました。》（一四九～一五〇ページ）

これが「日本人の行動パターン」なら、《船が見えたと聞いた瞬間に甲板から船内に隠れ》たり、《高齢者の男性に発見された瞬間に米を渡して「見逃して」もら》（一五〇ページ）おうとするような行動は、みずから「不審者」である自分、「非日本人」である自分を名乗っているようなものだったというわけだ。

しかし、こうした網をくぐりぬけて何千人、ひょっとしたら一万人以上の朝鮮人が、「密入国」に成功したのもまた事実である。そのなかには、文字通り、監視網をくぐりぬけた者もいれば、その後の立ちまわりで日本に定着できたケースもあった。《検挙されそうになった場合であっても、外国人登録証を事前に用意しておけば、また日本語を話すことができれば、拘留されたあとに釈放される可能性はあった。また送還が決定された事例であっても、嘆願によって送還を免れる可能性もあった。嘆願書を出すときには、送還される人物が子どもであること、病気であること、朝鮮に頼るべき人物がいないこと、日本に居住する親族の生計が安定していることなどを強調した》（一四五〜一四六ページ）というのである。ただ、こうしていくら国境警備の網の目をくぐり抜けようとも、法の網の目までくぐり抜けることはできなかった。

朴さんは《「新たに入国する人々」の対策としての入国管理と、「すでにいる人々」との対策としての外国人登録が、同じ法令のなかでなされた》という。そして、その《外国人登録令の草案が作成されていた時期、朝鮮半島からの「密航」がコレラや闇市といった一種の脅威をもたらすものとして認識され》、その意味では《外国人登録令が「密航」対策の側面を持っていた》というわけである。そして、この《イメージは〔中略〕「第三国人」という呼称とともに、朝鮮人全体に対して「不法」「危険」という印象をもたらし》、最終的に《「密航者」だけでなく犯罪に関わったとみなされる朝鮮人はすべて、朝鮮へ送還する指令あるいは法令が制定されるよう求められるよう》（二〇三ページ）になっていったのである。

したがって、こうした状況下では、かりに「密航者」がさまざまな策を弄して《在留特別許可を取得して、在日朝鮮人としての法的地位を得た》としても、《それは同時に、彼らが日本の警察によって強制送還可能な人々とされ》（一九九ページ）のも確かだった。

いまもなお出入国管理センターで闘われている闘争は、まさに「生殺与奪の権」を一方的に行使する法治国家の「きまぐれ」、それもおそらくは確信犯的なそれとの闘いだった。そして、朝鮮人の場合には、朝鮮戦争の勃発によって「強制送還」の行く先の決定権を誰が有するかという問題にも発展していき、彼らは日本の「排外主義」と、朝鮮半島国家の「政治的踏み絵」のはざまで、追放の恐怖、死の恐怖と背中合わせの生を強いられた。

津島佑子さんの『葦舟、飛んだ』が描いた引揚げ日本人女性の経験と、朴沙羅さんの『外国人をつくりだす』が描いた朝鮮半島出身の密航者の経験とは、時期的にきわめて隣接している。このことも忘れないようにしたい。

注

(1)その時の講演内容にあたるものは、後に新しく書き下ろしていただいたエッセイとして下記 論集に収録されている――崎山政毅・西成彦編『異郷の死――知里幸恵、そのまわり』人文書院、二〇〇七、一四九～一五六ページ。いまから思えば、この時期の津島さんは、日本の「戦争責任」に留まらず、「植民地主義と家父長制のあいだの共犯関係」に関して、たて続けに問題作を産み出しておられたのでもあった。

(2)バニース・アイゼンシュタイン『わたしはホロコーストから生まれた』(二〇〇六：山川純子訳、原書房、二〇〇九)、エヴァ・ホフマン『記憶を和解のために――第二世代に託されたホロコーストの遺産』（二〇〇四：早川敦子訳、みすず書房、二〇一一）、イヴァン・ジャブロンカ『私にはいなかった祖父母の歴史――ある調査』（二〇一二：田所光男訳、名古屋大学出版会、二〇一七）など。

（3）『〔池澤夏樹＝個人編集〕世界文学全集Ⅲ‐〇四』河出書房新社、二〇一一、二一九ページ（以下、同作からの引用は、本文中にページ数のみを記す）。

（4）山崎朋子『サンダカン八番娼館』文春文庫、二〇〇八、七二〜七七ページ。

（5）森崎和江『からゆきさん』朝日新聞社、一九七六、一〇五〜一〇六ページ（以下、同作からの引用は、本文中にページ数のみを記す）。

（6）上坪隆『水子の譜――ドキュメント引揚孤児と女たち』現代教養文庫、社会思想社、一九九三、一六九ページ（以下、同作からの引用は、本文中にページ数のみを記す）。

（7）津島佑子『葦舟、飛んだ』毎日新聞社、二〇一一、二二六ページ（以下、同作からの引用は、本文中にページ数のみを記す）。

（8）坪井秀人編『戦後日本文化再考』三人社、二〇一九に所収（以下、同論文からの引用は、本文中にページ数のみを記す）。

（9）林郁『満洲・その幻の国ゆえに』ちくま文庫、一九八六、九ページ（以下、同作からの引用は、本文中にページ数のみを記す）。

（10）林郁『大河流れゆく／アムール史想行』朝日新聞社、一九八八（以下、同作からの引用は、本文中にページ数のみを記す）

（11）福間良明・野上元・蘭信三・石原俊編『戦争社会学の構想』勉誠出版、二〇一三、一〇五ページ（以下、同論文からの引用は、本文中にページ数のみを記す）。

（12）宇江木リカルドの作品群は、『白い炎』も含め、後に言及する「マルタの庭」まで、すべてが「ブラジル移民百年祭」のホームページ中に「宇江木リカルド作品集」として収録されている。(宇江木リカルド作品集：Home)(www.100nen.com.br/ja/ueki/index.cfm?j=1)
(13)西成彦『外地巡礼――「越境的」日本語文学論』みすず書房、二〇一八、二九三ページ。
(14)この問題に関しては、次の拙稿を参照されたい――「死者は生者のなかに［3］十人の敵でも与えられない害」、『みすず』六九七号、二〇二〇年一〇月。
(15)チェスワフ・ミウォシュ『ポーランド文学史』関口時正ほか訳、未知谷、二〇〇六、六八九ページ。
(16)蘭信三・川喜田敦子・松浦雄介編『引揚・追放・残留／戦後国際民族移動の比較研究』名古屋大学出版会、二〇一九、一七二ページ。
(17)朴沙羅『外国人をつくりだす／戦後日本における「密航」と入国管理制度の運用』ナカニシヤ出版、二〇一七、一三一ページ。

Ⅲ　文学とオーラル・ヒストリー

1

熊本時代からの古いつきあいである姜信子さん（一九六一〜 ）に声をかけていただき、舞踏家の金満里さん（一九五三〜 ）と現代の旅芸人であられる渡部八太夫さん（一九五九〜 ）という三人のコラボが実現した「モノガタル カラダと声」なる催しに出かけてみたら、元同僚の池内靖子さん（一九四七〜 ）とバッタリ。池内さんとは立命館大学の国際言語文化研究所でずいぶん助けてもらったし、『異郷の身体／テレサ・ハッキョン・チャをめぐって』（人文書院、二〇〇六）は、テレサ・ハッキョン・チャ（一九五一〜八二）の『ディクテ』（一九八二：青土社、二〇〇三）の訳者である池内さんの提案企画に、私が少しだけお手伝いさせてもらうことで完成させた論集だ。

しかし、そもそも身体表現に関心のお持ちの池内さんが、映像作家でもあったテレサ・ハッキョン・チャや、金満里さんのような、同じくコリアンの女性アーティストに関心を持たれるようになった背景には、彼女が長崎県の崎戸島（現在は西海市に属する）の出身だということが大きかったようだ。

崎戸と言えば、井上光晴（一九二六〜九二）は、島を、みずからの「原風景」のようにして描くことが多いし、崎戸歴史民俗資料館にいまでは井上光晴文学館が併設されているほどだ。

じつは、「モノガタル　カラダと声」の会場で、ふと池内さんの出身地のことを思い出して、崎戸時代のことをお尋ねしたら、たまたま出たばかりの『〈崎戸本・Ⅱ〉一に高島、二に端島、三で崎戸の鬼ヶ島』(浮游社、二〇一九)という出来立ての一冊を見せていただくことになり、あまりに物欲しげにページを繰ることになったからだろう、「あげますよ」と言われ、結局はお言葉に甘えることになった。

じつは、その一冊に、池内さんは、「「移動の記憶」をめぐって」というエッセイを雑誌『女たちの21世紀』(九七号、アジア女性センター、二〇一九)から再録しておられる。「移動の記憶」とは、「島すなみ」というペンネームをお持ちになる池内さんの第二詩集『移動の記憶』(澪標、二〇一八)のことだが、エッセイは《私の故郷は炭鉱だった。長崎県の離島・崎戸で、戦前から三菱炭鉱として栄えたが、半世紀前に閉山となり、父母たち炭鉱離職者は大挙して島を出た[1]》という一文から始まる。そして、池内さんは、続いて、ご両親が崎戸に移り住まれて彼女が生まれる以前の過去を次のようにふり返っておられる――《父母たちの移動は、その時に始まったのではない。私の父は、戦時中、三菱鉱業の社員として中国山東省の炭鉱に派遣された。当時、新婚の母も一緒に中国に渡り、子どもを二人産んだが、戦後、二歳の幼児と乳飲み子を抱えて引揚げ、たどり着いたばかりの佐世保で赤ん坊を病気で失っている。戦後、崎戸炭鉱に落ち着いた父母の

もとに私は生まれ育った。》（同前）

いまでは知らないもののいない事柄だが、それこそ「端島＝軍艦島」をはじめとする九州の炭鉱では、内地籍保有者に関しては、働き盛りの労働力が戦場に投入された結果、日中戦争の激化以前からすでに増えつつあった朝鮮人の坑夫が急増したのだった。戦時下にはおのずから「増産」が叫ばれたわけだから、《労働者は〔中略〕増加し〔中略〕八千人までふくれあがった。坑夫の三分の一は朝鮮人だった》という記述が『崎戸町の歴史』（一九七八）にはあったのが、いま役場から出されている《立派なパンフレットでは〔そうした〕四半世紀の歴史が消されている》と、編者の中西徹さん（一九四八〜　）は書いておられる（一〇ページ）。

軍艦島をはじめとする九州の炭鉱が「明治日本の産業革命遺産」の一部として「世界遺産」に登録されるにあたって、朝鮮人の徴用の事実を明記しないまま済ませることに対する強い抗議が韓国からあったのは、こうした歴史的背景に基づくものだった。

しかし、歴史は皮肉なもので、日本の敗戦後、生き延びた朝鮮人坑夫の大半は半島へと帰還し、逆に労働力不足に悩むことになった鉱山主たちは、引揚げ日本人に目をつけて、その搾取ぶりは、戦前から戦中にかけてと大差がなかった可能性さえある。まさにそれを暴いたのが、それこそ上野英信（一九二三〜八七）の『追われゆく坑夫たち』（岩波新書、一九六〇）だった。

「皮肉」というのは、大資本の投下なしに成立しない石炭業は、つねに安価な労働力に依存したのであり、それはあるときは日本人だったし、あるときは朝鮮人だった。そして、慣れない日本に連行されてきた朝鮮人たちが過酷な搾取に耐えなければならなかったのは、《朝鮮人は人間の内に入れちゃならん》[2]とまでうそぶいたという新日本窒素肥料の創業者・野口遵《したごう》（一八七三～一九四四）の言葉に端的に露呈されていた強い差別意識のせいだったろうし、何より食生活をはじめとする生活習慣の急激な変化が強い郷愁をかきたてたということもあっただろう。しかし、そうした朝鮮人坑夫に対する非人道的な扱いを前面に押し出そうとすると、日本人坑夫の窮状は見えにくくなるし、逆に日本人坑夫もまた過酷な搾取にあえいでいたのだと、そこばかり強調すると、朝鮮人徴用の悲劇をおおいかくす結果につながってしまう。そういう「皮肉」である。

人生のある時点からうすうす感じるようになったことなのだが、ピラミッドから軍艦島まで、それらの「世界遺産」を、技術や文明のシンボルとみなすか、途方もない権力が行使した搾取と奴隷労働の産物とみなすか、そのどちらかで「記憶すべき遺産」としての意味合いは大きく違ってくる。このことをあらためて感じたのが、『〈崎戸本・Ⅱ〉一に高島、二に端島、三で崎戸の鬼ヶ島』に載る、建築家・綾井健さん（一九四一～）の文章だった——《私は軍艦島をアウシュヴィッツのように軍国主義の負の遺産にしようとしているのかと思ったのだが、そうではないらしい。》（一九五ページ）

要するに、ピラミッドも軍艦島も、すべては「アウシュヴィッツ」と同じ意味での「歴史遺産」でもあることを決して忘れるべきではないということなのだと思う。人間の血と涙と汗が染みこんだ巨大な蟻塚のようなモニュメントの数々。

■

以下は少し余談になるが、私はポーランド文学を研究していることもあり、炭坑労働者と文学の関係に関しては、ポーランドの事例を参照して考えることが多く、つい思いあたったことを書きとめておく。

一九一八年に独立を果たしたポーランドは、敗戦国ドイツとの交渉や住民投票を経て、高地シロンスク（＝シュレージェン）の炭坑地帯を領有することになる。そして、ポーランド人の坑夫は、国内の炭坑ばかりでなく、独仏国境の地域に点在する、より実入りのいい炭坑へも出向くようになる。ヨーゼフ・ロート（一八九四〜一九三九）の『聖なる酔っぱらいの伝説』（一九三九）の主人公（アンドレアス・カルタク）は、そんなポーランド人だったし、一九四〇年のドイツ軍侵攻に対してポーランド軍団を結成して、対独戦争を戦ったのも、そうしたフランスのポーランド人だった。

そうした石炭全盛期の労働市場がさらに戦争の勃発を契機として、いっそう過酷な労働環境（かぎりなく奴隷労働に近い）を産み出したことは言うまでもなく、ドイツ軍の捕虜になったフランスのポーランド人捕虜たちは、ふたたび炭坑での労働を強いられたのだった。

ともかく、そうした長い産業革命後の歴史を担った坑夫のなかに、日本では、一時期、「国策」として、植民地朝鮮や占領地中国から大量の労働者が運びこまれたという事実。まずそこをおさえながらも、最後は石炭業という産業革命を牽引した産業に最も顕著に表れた「搾取」の構造を、世界史的に直視するしかないのだと思う。

2

一九五五年生まれの私の世代は、文字通りの戦後世代で、人気のプラモデルと言えば「戦艦大和」だったし、漫画といえば、テレビが徐々に普及して「鉄腕アトム」のアニメが人気を博した時代に、「0戦はやと」(辻なおき・作、『週刊キング』への連載は、一九六三〜六四、アニメ版は一九六四)といったノスタルジックな軍国ものがまだまだ人気を集めていた。

そんななか、たしか小学校の講堂で、「軍艦島」を描いたドキュメンタリーを観た記憶がある。調べてみたら、一九四八年に小坂哲人監督作品として『緑なき島』(松竹、佐野周二・主演)というセミドキュメンタリーが制作され、また一九五五年にはNHKが同じ『緑なき島』という名前で純粋なドキュメンタリーを制作しているのだが、私が観たのは、たぶんその後者だろう。小学校の社会科の授業では、「工業地帯」の名前を暗記させられ、高度成長を言祝《ことほ》ぐばかりだったから、それこそ大阪府と兵庫県の境界を流れる神崎《かんざき》川が異臭を放ち、虹色に濁った水をたたえていたのも、時代の産物だと無批判に眺めていたのが、前の東京オリンピックの時代だった。逆に言えば、水俣病をはじめとする公害が社会問題となり、一九七一年に環境庁が設置される「前史」を私たちの世代は知っていたわけで、「軍艦島」もエネルギー政策の転換（石油・原子力へ）以前の華やかなりし時代の風景として、私の目には焼きつけられたのだった。「軍艦島」の高層住宅が最初に建設されたのは、一九一六年だったとのことで、まさに《わが国最古のRCアパート》（『軍艦島よ、永遠に～NHKアーカイブスより～』（二〇一五）の「折り込み」より）として建設されたそうである。ちょうど小学生時代に、伊丹市の公団住宅に暮らしていた私にとって、「軍艦島」のコンクリートで塗り固められた世界は、ある意味で、原風景のようなものでさえあったのである。

しかし、そうした「軍艦島」における「労働」が、「はたらけば自由に《アルバイト・マハト・フライ》」を地で行くような「奴隷労働」「囚人労働」に等しいもので、《狭い日本の、そのなかでもまた狭いこの島で、日夜、大勢の人たちがはたらき、苦しい生活に耐えてゆくことは、今の世の中の象徴でもありましょう》というNHK版『緑なき島』のナレーションを締めくくる言葉を額面通りに受け取れば、敗戦後もまた日本は「総力戦」を戦いながら、「苦しい生活に耐える」ことを国是としていたということになる。

そして「狭い日本」という言葉をお題目のように聞かされたその時代を思うと、それは「海外進出」を正当化する論理の残滓だともいえるし、広大な海外領土を失ったことに対する「未練」だったのかもしれない。

「軍艦島」を何らかのシンボルとして残していくことに異存はない。しかし、それは大資本がひとを飼いならし、汗水流して働かせ、そしてわずかな遊び(映画やビリヤード)と、妻子のいる暮らしだけで満足する小市民を作る実験場だったということ。映像で見る戦後の「軍艦島」と、『追われゆく坑夫たち』に書きとめられた筑豊の小炭田の労働環境とでは違いがあるような気もするのだが、そのあたりも精査が必要だろう。

《K炭鉱は従業員六百、炭労傘下の労働組合をもった、かなり大きなヤマである。もちろん大手炭鉱の労働者からみれば、老朽した貧弱な中小炭鉱の端っくれにすぎないのかもしれない。しかし一年あまりの間に四つの小ヤマを転々としてきた私にとっては、その古ぼけたK炭鉱も、さながら三井三菱の大炭鉱のような気がするほどであった[3]》というくらいだから、大手か中小かで労働環境の差は歴然としていたのかもしれない。しかも、大手の三井三池炭鉱においてさえ、一九六三年には粉塵爆発で死者四五八名という大惨事が起きたのである。三池工業高校が一九六五年、夏の甲子園で優勝した時に、しきりにその事故について解説者が説明をするので、小学生の私は炭鉱の恐ろしさを知ることになった。

他方、安部公房（一九二四〜九三）が脚本を書き、勅使河原宏（一九二七〜二〇〇一）が監督した『おとし穴』（ATG、一九六二：井川比佐志・主演）を知ったのは、大学生になってからで、こちらは福岡県飯塚市の三菱鯰田炭鉱を舞台にする設定で、おそらく『緑なき島』のようなプロパガンダ性からいかにして脱却するかが、安部・勅使河原が自身に課した課題だったのだろう。

3

産業革命を下支えした石炭産業は、戦後、米国主導のエネルギー政策の転換とともに、石油や原子力に主導権を奪い取られた。炭坑秘史はここで終わりを告げるわけだが、それは労働力を差し向ける場を失った大量の難民を産み出しもした。

ともかく戦争の終わりは、単に「古巣」への「帰郷」にはとどまらない難民的な移動を、人々に強いた。しかし、それとはべつに、産業に大きな変革が生じた場合（産業革命後は農村から工業地帯へ）もまた、人にディアスポラを強いたのである。戦中、日本人が兵士として前線に送られた代わりを、植民地や占領地の労働力がこれを代替し、戦後、そうした人々が拘束を解かれて職場を離れると、新しい労働力として、引揚者を含む内地籍を有する男たちが、炭坑にもぐることになった。そして、そうしたモグラのような、ミミズのような生活に慣れ親しんだ男たちが、いきなりこんどは炎天下での生活を強いられる。

私が上野英信の『出ニッポン記』（潮出版社、一九七七）を手に取ったのは、最初のブラジル滞在（二〇〇二）から戻ってからだったが、のっけから驚かされることばかりだった。

いまから二十六年ばかり昔、私が九州の炭鉱で掘進夫として働いていたころ、ときどきふっと思ったものである。このまま真っすぐに底へ底へと掘り進んでいったら、いったい地球の向う側の、どのあたりにつきぬけるものであろうか……と。〔中略〕地球の反対側だから南極にきまっておる、と無邪気に主張する者もあれば、いや、どうも南米のブラジルのへんらしい、と学のあるところを見せる者もあった。なるほど、そういえばこのごろ、やけに坑内が熱苦しくなってきた。もうすぐアマゾン河の河底が見えるにちがわん。(4)

しかし、こうした坑夫たちの無邪気な想像力とは別に、三池炭鉱側の資本家は地球規模の経営戦略を練っていた。

一九六〇年は、炭鉱労働者にとっては到底忘れがたい三池闘争の敗北の年であるが、ここで注目すべきことの一つは、総資本対総労働の決戦とうたわれたこの血なまぐさい大闘争のさなかにあって、三井鉱山が解雇者対策の主要な一環として、ブラジルをはじめ、ラテンアメリカの諸国への集団移住を計画し、積極的にとり組んでいることである。〔九ページ〕

元炭坑夫のブラジル派遣は、たとえば三井財閥的には単なる配置転換だったわけだ。しかし、こうした場合にえてして起こりがちなのだが、一種の「厄介払い」を「配置転換」としていくら位置づけようとしても、その場合は、受入国側の事情も考えなければならない。

上野英信はこう書いている。

当時の『サンパウロ新聞』をふりかえってみよう。〔中略〕――南米通の麻生産業の麻生典太専務〔政治家・麻生太郎氏の叔父にあたる〕の話によれば、ブラジルに早くも三池のスジ金入りの連中がくるという話が伝わって警戒気分になっているとか〔中略〕農拓協〔=ブラジル農業拓植協同組合中央会〕では日本の炭鉱労働者のなかには共産党分子が沢山いること、農業者でない炭鉱労働者が農業者として移住することは、伯国側をいたずらに刺激することになるおそれもある。（一一～一二ページ）

そして、上野はさらにこうも書く。

大争議〔中略〕の総本山の労働者が、大挙して乗りこんでくるというのである。こちこちの天皇主義者で固められた現地の日系企業や農業組合の幹部たちが、血相を変えるのも当然だろう。（一二～一三ページ）

第二次大戦期、「敵性国民」としてドイツ人やイタリア人と同じく監視対象に置かれた日本人のなかに左派の運動家は、きわめて稀で、そこがドイツ人やイタリア人との大きな違いだったが、戦後の勝ち組・負け組抗争を経て、日系二世のなかには学歴の高い左派インテリが徐々に台頭してきていた。しかし、一九六四年以降、軍政を敷くことになるブラジルでは、両大戦間期からすでに反共的な傾向が強く、そのあたり日本財閥と政治的な利害は一致していたのだ。

4

私が『外地巡礼――「越境的」日本語文学論』(みすず書房、二〇一八)に収録した「日本語文学の拡散、収縮、離散」という文章は、明治以降の「日本語圏」の拡大と収縮と孤島化を分かりやすくマッピングしたものだが、七節に分けたなかの「一、外地と先住民文学」の項では、コロンブス以降の「アメリカ文学」のなかで「先住民族」の位置がどうなっているかも考慮しながら、「開拓使設置=開道」(一八六九)以降の「北海道文学」を四つのタイプに分けることを試みた。

(1)移住(入植)者たちの文学【有島武郎、小林多喜二、李恢成など】

(2)布教や学術調査の名の下に訪れた知識人による先住民文化の調査報告【ジョン・バチェラー、ブロニスワフ・ピウスーツキ、金田一京助など】

(3)上記の知識人の知遇を得るなどして先住民のなかから登場したバイリンガルな表現者たち【山辺安之助、知里幸恵、バチェラー八重子など】

(4)北海道という土地の外地性を正面から受け止めようとする内地人作家の実験【中條百合子、鶴田知也、武田泰淳、池澤夏樹など(5)】

いま話題を呼んでいる川越宗一さんの『熱源』（二〇一九）は、上で言えば、（4）のカテゴリーに属する最先端の「北方文学」の試みであるが、（2）や（3）の成果をフルに生かしながら、それに分厚い肉付けを施したものだと言える。「アイヌ支援新法」が成立した年にこの小説が注目されたということは、日本の近代について考えるばかりか、極東をめぐるさまざまな人的往来に思いを致すために大きな意味を持つだろう。「先住民族＝アイヌ」という「歴史的主体」に関する知識の蓄積が日本人のあいだで共有されることは何よりも重要なことだ。

テッサ・モリス＝スズキさん（一九五一〜）の『辺境から眺める』（みすず書房、二〇〇〇）に触発されて、「北」に興味を持つようになった時期に、ふと手に取った船戸与一さんの『蝦夷地別件』（一九九五）に魅せられた思い出もあるが、今度の『熱源』もエンターテインメントとしての、そして何より日本語の力強さが、読者をとりこにする。

しかも、「序章」と「終章」を、ソ連軍の対独戦争の終わりから、アジア太平洋戦争への緊急参戦という時期に設定して、アイヌ他、北方少数民族の物語を、日本語で書きつつも、ユーラシア大陸規模のスケールの大きさでまとめているところが、何といっても、この作品の底力である。

ところで、『熱源』を読んでから間もないころ、中山大将さん（一九八〇〜　）の『国境は誰のためにある?』（清水書院、二〇一九）を手にした。二〇二二年から高校での歴史教育の枠組みが変わることになっているのに対して、些末に見えて、じつは重要なことにフォーカスし、副教材としても活用できるように、高校生でも読めるように「です ます」調で書かれた啓蒙書だ。

　十九世紀後半以降の「サハリン島＝樺太」を「境界地域」として、度重なった国境紛争や国境線の変更に、みずから関与したわけではないにもかかわらず、だれよりも深く巻きこまれた少数民族に光をあてた一冊である。

　しかも、千島樺太交換条約（一八七五）の結果、北海道の対雁《ついしかり》に強制的に移住させられたアイヌの山辺安之助（一八六七〜一九二三、アイヌ名は「ヤヨマネフク」はそのひとりで、彼は日露戦争に兵士として参加したのちに、日本による南樺太領有後は帰郷）であれ、アイヌの調査のためにやってきたピウスーツキの下で働いた千徳太郎治（一八七二〜一九二九、母は樺太アイヌで、名前は「タトラシマ」、彼は日本国籍だけでなく、ロシア国籍も取得していたと言われる）であれ、逆に、日本による南樺太領有後（樺太庁設置は一九〇七年）もそこに「残留」し、「露助（ロスケ＝ロシア語では普通に「ロシアの」の意味）パン」を売って歩いた混血の少女[6]の場合であれ、「国境変更に伴う国民の動き」に流されない「個」なるものが存在することを丁寧に紹介している。

　もちろん、そのなかには《日本軍の特務機関として動員されていたため、戦後はソ連軍の捕虜となり日本の軍人としてシベリア抑留を経験し》たにもかかわらず、帰国後、《軍人恩給を申請し》たものの、《ウィルタで〔中略〕内地戸籍に入っていなかったため》[7]に受け入れられなかったダーヒンニェニ・ゲンダーヌ（一九二六頃〜八四、日本名は「北川源太郎」）のような悲劇もある。

　小説にできること、歴史研究にできること、それはイコールではないのだが、白老に「ウポポイ（民族共生象徴空間）」がオープンされるこの時代にこそ、改めて目を向けたい「北方」の歴史がある。

　そして、「個」は決して「均質な群れ」とともにしか生きられないわけではなく、そうした「個」こそが、特異で、突出した人生を歩み、波に埋もれるのではなく、かえってそのことによって歴史がもたらすうねりの大きさを象徴する存在となる。

　マイノリティーの歴史や文学を追いかけてきた私がつねづね思うのは「個」の力（国家や群れの圧力に「抗する力」、それを「はぐらかす技法」を含めて）の量り知れなさだ。

5

そうしたことを考えながら、姜信子さんと同じく熊本時代からの付き合いである蘭《あららぎ》信三さん（一九五四〜　）が編者のひとりである『引揚・追放・残留——戦後国際民族移動の比較研究』（二〇一九）を手にとった。「オーラル・ヒストリー」の可能性（私はそれを「個人の声を通した集団的記憶の語り」だと考えている）に賭けて仕事を積み上げてこられた蘭さんが、ここでは歴史家と手を組まれたということもあって、おそらくそれは意図的なことなのだろうが、「個の声」に対する関心を努めて押し殺しておられるように感じないではおれなかった。

同論集には、中山大将さんも「残留の比較史」と題した一章で、中国東北地方への残留日本人と、ソ連領サハリンの残留日本人の比較を（しかも日本人の残留とコリアン＝高麗人の残留の比較にも目配りをされながら）試みておられるが、そこでも個々の「声」があまり聞こえてこないのが、ややさびしかった。

たとえば、私が旧樺太地域からの日本人の引揚げ（一部、密航を含む）やコリアンの「密航」あるいは「残留」の問題に関心を持つようになったのは、李恢成さん（一九三五〜　）との出会いに始まっている。「またふたたびの道」（一九六九）や「砧を打つ女」（一九七一）

を発表から数年遅れで読み、一九八〇年代にも『サハリンへの旅』（講談社、一九八三）を読むなどしてはしていたのだが、それ以外のサハリン物を集中して読んだのは、『バイリンガルな夢と憂鬱』（人文書院、二〇一四）に収める諸論文を書き進めるなかであった。そして、『われら青春の途上にて』（講談社、一九七〇）所収の作品群や、『私のサハリン』（講談社、一九七五）や『流民伝』（河出書房新社、一九八〇）などを読むうち、李恢成さんが旧樺太出身のコリアンのみならず、「証人のいない光景」では、内地日本人の記憶にも言葉を与えようとしていたことに感銘を受けた。

もっともデビューから間もない時代のサハリンものが、かなりフィクション性の強いものであっただろうことは、二〇〇〇年以降、『群像』（講談社）に連載されて、「第六巻」までが出そろった『地上生活者』（講談社、二〇〇五〜二〇）を読めば分かることだし、この「ライフワーク」としての回想文にも、小説ならではの虚構や、記憶の変質が、あちこちに忍びこんでいることだろう。

歴史家や社会学者の方々が、「オーラル・ヒストリー」にも「フィクション」が混じるものだと、押さえるところは押さえながらも、その史料としての重要性を慎重に説くようになられて、すでに十年、二十年になるが、最初から「ナラティヴ」自体が流動的で、TPOによって千変万化するものだという承知の上で、その「ゆらぎ」をこそ描き出そうとしているのが作家であり、そうした作家の姿勢を全面的に支持しようとするのが文学研究者である。

森鷗外（一八六二～一九二二）の「舞姫」（一八九〇）は、日本人留学生の実体験そのものの記録ではない。そこで不幸な異性体験を経験して帰国の船に乗った明治日本の若き知識人が「自分を持ちこたえさせる」ために書いたかもしれない言葉（「石炭をば早や積み果てつ」があのままの日本語であったかどうかも疑わしく、私は、太田豊太郎はドイツ語で書いたのを、鷗外が自分なりの雅文体の日本語に翻訳したのだという選択肢をも念頭に置くべきだと考えている）を鷗外は「創作＝捏造」している。

そして、「舞姫」は特定の「宛先」を持たない「手記」として書かれた設定だが、それこそ李恢成のサハリン物を読むと、それこそ作者自身の分身とも呼ぶべき、旧樺太生まれ（もしくは育ち）のコリアンたちが、離れ離れになりながらも、互いに思いを馳せ、ほんとうに届くかどうかも分からない手紙を書きしたため、ポストに投函する。あるいは、だれかに預ける。そういった「声」だけではなく「文」の形をとった言葉が、サハリンと日本と、場合によっては北朝鮮のあいだを行き交う。

そうした「投壜通信」のようなやりとりを、場合によっては「捏造」してまで、コリアンの一家離散状況を浮かび上がらせ、そして旧樺太時代の記憶を共有する引揚げ日本人とも酒を酌み交わしながら、思い出話に耽る。

そして、それが「虚構」だと知りつつも、ひとの気配とひとの気配の間で言葉が交わされる「現場」を、息を殺しながら「盗み見る」という位置が読者には用意されている。エビデンスをしか信じず、「オーラル・ヒストリー」もまた「エビデンス」である、という留保条件を付けた上でないと、それに寄りかかろうとはしない学者たちと、文学者や文学研究者の間の「溝」は、まだまだ大きい。

しかし、そうした「溝」を乗り越える潮時が、いままさにやってきているような気がする。

私はヴィトルド・ゴンブローヴィチ(一九〇四〜六九)の『トランス=アトランティック』(一九五三)を少しでも正しく理解するためにブエノスアイレスに足を延ばしもしたし、南米のポーランド人社会をめぐる移民社会学の研究成果にも目を通した。そして、そうすればそうするほど、小説『トランス=アトランティック』が、「群れ」に呑みこまれそうになりながらも、そこから逃れようとする「個」の話だという確信を強めることになった。私が修士論文『群れを作るポーランド人』を書籍化するにあたって、『個体化する欲望』(朝日出版社、一九八〇)と改題したのは、そういう思いがあってのことなのだが、「個」の動きや発言を「集団」を理解するための手がかりとするのは大事なことだ。「個」の動きや言葉は、周囲に対して何らかのリアクションや受け止めを求めているものであるから。しかし、「個」の動きや言葉は、「集団」のなかに構築された文法やパラダイムにとらわれているだけではない、そうした拘束からどうにかして逃れようとする「個」のあがきでもある。

そして、「個」と「個」が相互に作用し、干渉しあいながら、世の中が動いていく。「個」を「群れ」のなかに埋没させてはならない。「群れ」を「不動のマッス」に変えないためにも「個」の悪あがきには、最大限の敬意を払うこと。

歴史家や社会学者が物怖じして踏みこま／めないでいる領域を、文学は自分たちの漁り場としている。

6

二〇一九年の秋、岩波の『思想』が十一月号（通巻一一四七号）で「危機の文学」なる特集を組んで、同じ岩波から『文学』が消えた喪失感が、一時的にではあったものの、解消された気がした。

そういえば、『思想』は、ちょうど二〇年前の一九九九年、その三月号（通巻八九七号）で「ポストコロニアリズムと文学」と題した特集を組み、そこでは姜尚中さん（一九五〇〜）と岡真理さん（一九六〇〜）が対談を担当され、私は正木恒夫さん（一九三四〜）、本橋哲也さん（一九五五〜）、岩尾龍太郎さん（一九五二〜二〇一〇）と並ぶ形で論考を寄せた。「エレン・ディーンの亡霊」と題する『嵐が丘』論[8]で、作中の語りの大半を自分の言葉で語っているにもかかわらず、影が薄い、エレン・ディーンの「サバルタン性」に注目したつもりなのだが、思えば私にとって、これは女性文学を本格的に論じた最初の試みだった。

それから二〇年、私は戦時性暴力やDVのことなどを「男」としてずっと考えてきたつもりなので、同じ『思想』の二〇年後の特集で、佐藤泉さん（一九六三〜）がスヴェトラーナ・アレクシェーヴィチ（一九四八〜）や石牟礼道子さん、さらには韓国のキム・スムさん（一九七四〜）などを大きく取り上げておられるのを見て、時間の流れとともに、ある種のつながりをも見る思いだった。

歴史的に文字から遠ざけられて生きてきた女性が、作家となるにしても、文字を持たず、その代わりに「声」で何かを訴えかけようとしてくる傾向の強いサバルタン的女性の言葉を「代弁」するというよりは、自分の書く言葉のなかに棲みつかせる。

森崎和江さんの『まっくら／女坑夫からの聞書き』（理論社、一九六一）から始めて、石牟礼道子さんの『苦海浄土』までの日本での受容史をふり返りながら、佐藤泉さんは、「聞き書き」と「文学」とが区分不可能な領域を切り拓いた作家として、九州のこの二人をとりわけ重視する。

講談社文庫版（一九七二）の「解説」のなかで『苦海浄土』のことを《聞き書きなぞではないし、ルポルタージュですらない。〔中略〕それでは何かといえば、石牟礼道子の私小説である》[9]と言ってのけた渡辺京二さん（一九三〇～　）に触れつつ、佐藤さんは、『苦海浄土』を「文学」だとは見なそうとしなかった「文壇」に対する異議申し立てとして、この評価を引かれているが、逆にいえば、「私小説」だと言わねばならないほど、いわゆる「記録性」からも、学術的な「実証性」からも遠いところにあった石牟礼道子さんの「作家」としての射程の大きさを言い表す言葉が、当時はなかったということだったのかもしれない。

それが『戦争は女の顔をしていない』（一九八五）などで知られるアレクシェーヴィチのノーベル文学賞受賞（二〇一五）以来、すっかり風向きが変わったのだ。「声」を拾い集める「蒐集家」は、時としては「幻聴に耳を傾け」てしまうことさえある。《だって、あの人が心の中で言っていることを文字にすると、ああなるんだもの》（三二一ページ）――こう言いながら、石牟礼さんは、まさに「記録とフィクション」の境界領域で物を書いておられたのだ。

地上で流通する交換可能の言葉ではなく、支配的な価値と馴れ合い、決して出来事に触れることのない言葉ではなく、ある場合には伝達の道具となった言葉にかき消され、ある場合にはそれを凌駕する聞き書きの言葉、受動とも言えず、能動ともまた言えない言葉の共鳴の中に、言語の詩的な次元がふと立ち現れる。それは言語をその生成の場に立ちかえらせ、言葉を通して世界を再び回復させるのだ。こうした言葉の希少な質を、記録とフィクションの二分法に先立つ「文学性」と呼んでよいと思う(10)。

こんなふうに論文「記録・フィクション・文学性――「聞き書き」の言葉について」の最後を締めくくる佐藤泉さんは、『一九五〇年代、批評の政治学』(中央公論新社、二〇一八)において、竹内好(一九一〇~七七)、花田清輝(一九〇九~七四)と並べる格好で、一九五〇年代から六〇年代初めにかけての谷川雁(一九二三~九五)に注目し、《実はどんな創造もみんな集団創造の未熟なものであるとみることができる。古事記なんかでも作者は一体だれといえばいいのか》という、「文学」なるものと「集団創造」のあいだの始原的な親密性へと立ち返ろうとした谷川雁の思想にも目を向け、《独白のなかには対話がないと考えるのは対話への過小評価だ》という谷川の言葉は《ミハイル・バフチンの言語論を思わせる(11)》と、お書きになった佐藤さんそのものだ。

「集団創造の産物としての私小説」――『苦海浄土』とは、そういった作品だと考えるべきなのかもしれない。

複数の「声」は決して溶け混じって「合唱《シュプレヒコール》」になるわけではない。「声」は単独性を残しながら、他者にぶつかり、反響を残し、新しい「声」を呼び覚まし、その全体が

「集団創造」の産物へと高めあげられていく。

「個」と「集合体」は対立するのではない。「個」があっての「集合」だし、「集合」があって、はじめてひとつひとつの「声」は響くのだ。

思えば、二十年前に『嵐が丘』論を書いていたころ、私は私で、同じようなことを考えていた気がする。同小説の語り部に据えられたエレン・ディーンは、自分のことを前面に出しては語らない。しかし、彼女が仕えた母キャサリンや娘キャサリンの「声」をみずからの「語り」のなかに棲みつかせながら、その片隅でみずからの人生を、かぼそい声で語っている。小説が複数の「声」からなっているという観点からすれば、『嵐が丘』から『苦海浄土』までは一直線かもしれないのである。

7

夏目漱石（一八六七〜一九一六）の『坑夫』（一九〇八）が、自分の話を小説のネタとして持ち込んできた若者の打ち明け話に基づく一種のルポルタージュ小説だということは知られているし、つづく『三四郎』（一九〇八）も、主人公は門下生の小宮豊隆（一八八四〜一九六六、福岡県出身）、ヒロインの美禰子は、同じく門下生の森田草平（一八八一〜一九四九、岐阜県出身）が心中未遂事件を起こした平塚明子（後の「らいてう」、一八八六〜

一九七一、東京出身）をモデルにしたパロディー小説というのが定説だ。いくら小説とはいえ、何らかの「実話」や「実在の人物」を下敷きにすることは、文学のなかでは少しも珍しいことではない。

それこそウィリアム・シェイクスピア（一五六四〜一六一六）の『テンペスト』（一六一一）にせよ、ダニエル・デフォー（一六六〇〜一七三一）の『ロビンソン・クルーソー』（一七一九）にせよ、「西インド海域」からの生還者の昔語りがなければ構想されえなかったはずのものだ。また、ジョーゼフ・コンラッドの『闇の奥』（一八九九）は、ベルギー国王領コンゴの舞台裏に通じていたロジャー・ケイスメント（一八六四〜一九一六）から聴いた話を下敷きにした上に、作品そのものもコンゴ帰りのマーロウが船乗り仲間に「実話」めかして（そこに「与太話」が含まれていたとしても、誰もそれを追及できる立場にはない）夜を徹して過去を語り聞かせる形にしている。要するに、「実体験」と「実話めかした語り」と「語りを並置したり、入れ子式に組み立てたりすることから成り立っている小説」は、截然とは区別できない境界領域を介してつながっているのだ。

論文「記録・フィクション・文学性——「聞き書き」の言葉について」のなかで、佐藤泉さんが手際よく整理してくださっているとおり、「聞き書き」か「文学」かという区別は、容易に廃棄できるものではない。しかし、《記録とフィクションの二分法に先立つ「文学性」》（七五ページ）なるものを念頭に置きたいという思いは、文学研究者のなかではかなり共有されつつある。作者自身が作品の「フィクション性」を否定していなかった『苦海浄土』と、あくまでも「聞き書き」にこだわったアレクシェーヴィチの『戦争は女の顔をしていない』のあいだに深い断絶を見ることは、「世界文学」という大きな枠組みを考えようとする者には、百害あって一利ないことだ。

　そうしたなかで、佐藤泉さんは、そこで例として小説『ひとり』（二〇一六）に触れておられるのだが、作者のキム・スムさんは、金學順さん（一九二四〜九七）の名乗り以降、続々と編まれた「証言集」を《手に入る限り〔中略〕探して読むうちに》[12]、同作を構想するに至ったことを書いておられる。そして《その声に込められた切迫した訴えは私的な響きを生み出し、小説を最後まで進ませてくれました》（二五六ページ）というキム・スムさんの述懐のなかに、佐藤さんは、まさに「記録とフィクション」の「接点」のようなものを見出そうとされる。

「証言集」を編むにしても、その編集方針や聴き取りの状況次第で、その中身は大きく変わってくるはずだが、そうした「ゆらぎ」をはらみながらも、歴史の継承や法廷でのインパクトを意識せずにはおれない「発話条件」から自由ではありえない「証言」と、それらの「語り」に突き動かされることによって、非当事者の心のなかに新たに芽生える切実な叫びとしての「小説の言葉」のあいだの微妙な隙間。

　キム・スムさんは、《自分の小説的想像力が、被害者の方々が実際に経験したことを歪曲したり誇張したりするのではないか》、そして《被害者の方々の人権を傷付けるのではないか》という思いから、《慎重の上にも慎重を期した》(二五二ページ)と書いておられるから、その執筆は地を匍うような作業だっただろう。

しかし、『ひとり』を読んでみて、何よりも胸を打たれるのは、「証言」にある言葉を手掛かりに、作者の想像力が「注」をほどこすようにして、付け足される肉付けの部分だ。

たとえば、慰安所の「オカアサン」から「日本名」をあてがわれた少女が、その段階で《小さい頃に故郷の家で呼ばれていた名前、父親がつけた戸籍名、役所の職員が戸籍に載せた名前》だけでも名前が「三つ」あったのに、それが《四つに》(三六ページ)なったという記述があり、さらに《軍人につけられた名前も合わせると、彼女の名前は十を超えた》ともある。《彼女の体を通りすぎる時、軍人たちは勝手に名前をつけて呼ぶことがあった》(三七ページ)からだというのである。

このパッセージで「証言」に由来する箇所はゴシック体で記され(「軍人たちは勝手に名前をつけて呼ぶことがあった」)、しかもそれがキム・スナクさん(一九二八〜二〇一〇)の『私の気持ちは誰も分からない』からの引用だということは、注の形で分かるようになっている(二六七ページ)。

しかし、キム・スムさんは、こうした「種子」としての「証言」から、「芽」が出て

「枝葉」が伸びるのを待つようにして、言葉の到来を待つ。

《たかだか一五〇センチほどの体の中に、四つの魂が》と驚きの声をあげたかと思えば、《慰安所にいる時、彼女は体が一つしかないことが一番恨めしかった。一つの体に二十人、三十人がアブラムシのように群がった》と、「証言」にはなかった修辞でイメージをふくらませ（『ひとり』には、この箇所以外にも、さまざまな虫のイメージがちりばめられている）、その上で《一つだけのその体も、彼女自身のものではなかった》と批評性の高い「補注」をつける（三七ページ）。

戦後生まれの韓国人女性が「慰安婦小説」を書くにあたって、選びとった方法が、これだった。

「本歌どり」というより「聖書注解」的な営み。

8

小説『ひとり』は、一九九〇年代以降に集められた元慰安婦の「証言」を下敷きにしながら、過去をふり返る小説だが、小説の語りは最後の「ひとり」として《生き残っている》（五ページ）老婆の「現在」を語る形式をとっている。《テレビをつけっ放しにして縁側に出〔中略〕庭に下りようとして〔中略〕身をすくめる》という老婆の日常。《茶褐色の履物の横で、カササギが羽根の付け根に嘴を突っ込んで死んで》いる。彼女の飼う猫（「ナビ」＝蝶という名だ）が《捕まえたものだ。》（同前）

どんなに過去の自分に起きたことがらを語ろうとしても、その過去と地続きになっている現在の自分を語らないわけにはいかないのが「語り」というものだ。作者は、そうした「語り」の特徴を「小説」のなかで活かしている。

そんな彼女は同じ町に住む女性から《可愛いならおばあさんが飼いません？》と老犬を飼うように勧められる。《夫も子どももいない彼女に、人々は〔中略〕犬や猫を飼うように勧めたり》することが、かねてから多かった（五三ページ）のだ。しかし、彼女にはその《女性の犬への接し方が混乱を通り越して苦痛を感じさせる》。なぜなら、その「女性の犬への接し方」が、どこかしら慰安所の《オカアサン〔＝慰安所の女管理人〕を思い出させるから》（五一ページ）だ。《彼女は犬を人工授精で妊娠させ、子犬が産まれるとペット市場に売る。〔中略〕女性は犬が出産する頃になると、麻酔をかけて犬の腹を裂き、子犬を取り出す。腹の中の子犬を一匹も失わないためだ》（四七ページ）というのである。

一方、過去には《妊娠すると、再び妊娠しないように、胎児と一緒》に《子宮を勝手に摘出》（七五〜六ページ）されてしまう運命にあった彼女らにとって、産めるだけの子犬を産まされて、腹を裂かれる犬の運命は、他人事のようで、じつはそうではなかった。

あるいは《子猫の捕獲》を商売にしている老人がいたりもする。《家のない野良猫が交尾して生まれた子猫》を売って、《一匹当たり最低五千ウォンは受け取る》ためらしい（七一ページ）。

その話を耳にした彼女は、今度は《畑の草取りをしていて、綿花を摘んでいて、水甕を頭に載せて村の井戸に水を汲みに行って、川辺に洗濯をしにきて、学校に行く途中で、家で父親の看病をしていて〔そこを〕無理やり連れてこられた少女たち》（七三ページ）のことを連想してしまい、いたたまれない気持ちになる。

そんな老婆に犬を飼わないかと進めてきた女性は、少しでも元気をつけてやろうと《牛乳が半分以上入ったグラスを彼女の前に置く》（四九ページ）。

しかし、かつていやいや飲まされた《男性の精液を思い出すから》（五〇ページ）、彼女はその牛乳を口にできない。《牛乳を飲むと消化が悪くて……》と言い繕うのが精いっぱいだった。

この箇所は、ピョン・ヨンジュ（邊永柱）監督（一九六六～　）の映画『ナヌムの家Ⅱ』（一九九七）にも登場されていたユン・ドゥリさん（一九二八～二〇〇九）の語りを下敷きにしている（二六七ページ）。

老いてもなお、どころか、老いてますます「慰安所」時代の五感に埋めこまれた記憶から解放されない女たち。

彼女らは「失われない過去とともに生きる」のだ。

キム・スムさんは、女性＝メスに備わった生殖器官が他者によって酷使され、その生殖機能が一方的に搾取されていく世界をまるごと読者に想起させながら、元慰安婦の「証言」を、その合間にはさむ。「聖書」のなかの文句のように。

9

『葦舟、飛んだ』の津島佑子さんは、キム・スムさんの『ひとり』が世に出るのを待つことなく他界されたが、『葦舟、飛んだ』は、福岡県の二日市療養所で強制人工中絶を強いられた日本人女性以外にも、中国東北部に残った元内地人や、ハルビンのロシア人などがたどった、さまざまな「引揚・追放・残留」の軌跡に肉迫を試みた作品だった。

ただ、もしも津島さんが『ひとり』を手にされていたら、それこそ「満洲」の慰安所での過酷な性奴隷制度の犠牲者でありながら、生き延びたコリアン女性たちの「帰郷」に思いを馳せるという、もうひとつの課題を自分に課されていたかもしれないなと思う。『ひとり』の主人公である「彼女」は、架空の元慰安婦だが、そこには日本が戦争に敗北してから「彼女」が郷里に戻る（本当の「郷里」には戻りつけないままだが）までの遍歴が「仮構」（世に出された数々の「証言」に部分的にもたれかかりながら）されている。

《満洲の慰安所から逃げる時、彼女は四人の少女と一緒だった。〔中略〕皆も一緒に逃げたかったが、その子たちは陰部が腫れて歩くのがやっとだった。》

しかも四人のうちの一人は《慰安所の鉄条網から出るやいなあオトウサン〔＝慰安所の主人〕が撃った拳銃の弾を受けて倒れた。つんのめるその子を置いて、少女たちは必死で走った。〔そして〕慰安所から逃げ出して最初に隠れたのは、一面に広がった野生のキビ畑だった》（二四七〜八ページ）という。

しかし《いつの間にか少女たちは離れ離れに》なり、《慰安所を逃げ出してから五日も経たずにひとりになった彼女は、中国人の家に入り込んだ。〔中略〕そこには男やもめがひとりで住んで》いて、《その男は自分と一緒に暮らさなければ日本兵に告げ口すると言い〔中略〕しかたなくその家に住み着いた。》（一四八ページ）

年を経て、彼女は《夢の中ででもいいから男に会いたい》と、その男への執着を示し、ソウルの家の《たんすの中には、男に渡そうと準備した肌着が入ってい》さえする（一五〇ページ）。その《男の手ほど汚く、醜い手に彼女は生きてきて初めて出会った》とも彼女は記憶しているのだが、慰安所ですれ違ったどの男たちの手よりも《人間らしい手》（二四九ページ）をしていたということが、おそらくは彼女がその中国人の記憶にもたれかかろうとした理由なのだろう。

しかし、《優しくて、〔彼女〕を娘のように扱ってくれた》男に「嘘」をついてまで、

彼女がそこを逃げ出したのは《母にどうしても会いたかった》からだった（一五〇ページ）

とはいえ、思いを果たすまでには、まだまだ数々の試練が待っていた。《日本兵が消え》た後は《ソ連の軍人が現れ》、彼らは《少女たちを見るとどんな畑にも分け入》り、《畑から〔中略〕出られなかった少女もいた》（一五一ページ）という。

また、ようやく《朝鮮語を話す人に会》い、《どうか朝鮮に連れていってください》と《哀願》したこともある。その一群にも見放された彼女は、《中国人の男やもめの家から逃げ出してから五ヶ月後に》ようやくたどり着いた「豆満江」を越えるのも一苦労だった（同前）。

日本軍慰安婦たちの苦労は、「解放」後もこのようにして続いた。それはまだまだ結束の固かった「日本人」の「引揚げ」とは、かなり違った苦労を含んでいたはずだ。そして、旧「満洲」地域の朝鮮人の多くは、そのまま中国に残ったわけでもあり、「引揚・追放・残留」のあり方も、日本人（＝旧内地人）と朝鮮半島出身者とでは大きく違っていたのだった。

以下は、四年ほど前に、浅野豊美さん（一九六四〜　）が監修された写真集『故郷へ』（二〇〇五）を紹介した一文である。参考までに引いておく。

浅野さんは、現在、早稲田大学の国際和解学研究所の所長で、科研費の「新学術領域：和解学の創成／正義ある和解を求めて」のリーダーもつとめておられる。

■

一九四五年八月、外地（＝植民地）や占領地では、約六五〇万人の日本人（内地籍保有者）が「敗戦」の報を受けた。彼ら彼女らは、その後、「復員」もしくは「引揚げ」の途につき、博多や仙崎や舞鶴の港に帰り着くのだが、この記憶は、大空襲や原爆被災、またシベリア抑留と同じく、日本人の被害者経験として長らく語り継がれてきた。しかし、戦争終結とともに、民族大移動の途についたのは、日本人ばかりではなかったのである。

二〇〇五年に出版された写真集『故郷へ／帝国の解体・米軍が見た日本人と朝鮮人の引揚げ』（浅野豊美・監修、現代史料出版、二〇〇五）は、朝鮮半島から日本へと向かった「引揚げ」のみならず、中国北部から南朝鮮へといった朝鮮人の「引揚げ」の実態をもまた映し出した米軍資料を一冊にまとめたもので、まさに「帝国日本の解体」とともに、朝鮮半島には住めなくなった日本人と、中国にはおれなくなった朝鮮人の「強制退去《エヴァキュエイション》」を、「帰国＝引揚げ《リパトリエイション》」としてとらえ、この一連の人口移動を「極東アジア」の歴史として提示しようとする作りになっている。

同じように大規模な人口移動は、同時期の東欧地域でも進行し、そこには「ホロコースト」を生き延びたユダヤ人も含まれていたから、そうした「戦争難民」の「再定住先」をめぐってもまた難問が積み重なっていたのだが、極東アジアの場合にも、朝鮮の南北分断（米ソによる分割占領）があったため、北から南へ、南から北へというコリアンの流れもあり、むろん、「強制徴用」で内地に渡った朝鮮人の「再移動」という流れもあった。

同写真集の意義のひとつが《朝鮮人の引揚と日本人の引揚がいかに連動していたのかという重要な視点を提示している点》にあるとされる浅野さんは、「解説」の最後で、戦後の日本の空気を捉えて、《戦後的価値と照応する「悲惨な引揚体験」のみが強調される構図が定着し、一国平和主義を戦争全体の被害経験へと収斂していった》と要約しつつ、かたや同じく帝国日本の崩壊後に「引揚げ」を選択肢のひとつとして与えられながら、長らく「自由と民主主義」などという「戦後的価値」の恩恵には浴することができず、その上、朝鮮戦争をまで闘わなければならなかった朝鮮人のその後にも思いを馳せておられる。要するに、日本人にとっては「戦後」の風景のひとつだったものが、朝鮮人にとっては「戦争前夜」の歴史のひとこまであったのだ。

《この日本人の少年は、痛いのをヤセ我慢しながら、朝鮮人のきれいな看護婦さんからコレラの予防注射をうってもらっていた》との説明が施された少年の写真（一八ページ）は、目にこびりついて離れない。その少年と、若い看護婦が再会することは二度となかったろう。そして、その後、日本人の少年と朝鮮人の看護婦の運命は、かけ離れたものになっていったのだ。

この本を出された後、浅野さんは、この「解説」のなかでもすでに重視されている引揚げ日本人が現地に置き捨ててきた《在外財産》をめぐる《その返還や政府による補償を求める運動》の行方、そしてこの問題に終止符を打ったとされる、一九六五年の「日韓基本条約」の評価へと、その後の研究対象を拡大していかれた。日本側と韓国側の「請求権」を「相殺」にした、結果的にはさまざまな意味で禍根を残すことになった条約についてである。浅野さんは、日韓の資料に留まらず、米国に残されている資料などにもあたられ、その後の成果として、編著『戦後日本の賠償問題と東アジア地域再編』（慈学社、二〇一三）などを、相次いで世に問われている。

10

『ひとり』に添えられている「日本の読者の皆様へ」のなかで、キム・スムさんはこう書いておられる――《日本軍「慰安婦」の方々が証言した経験と苦痛を自分のものにする過程は、長く苦しいものでした。読者と対面した席で、この小説がすでに出版されているにもかかわらず「未完の、まだ書かれている」小説のようだと告白したのはそのためでしょう》（二五六〜七ページ）と。

この小説は、『証言 強制連行された朝鮮人軍慰安婦たち』（韓国挺身隊問題対策協議会・韓国挺身隊研究会編、従軍慰安婦問題ウリヨソンネットワーク訳、明石書店、一九九三）以降の数々の「証言」に基づきながら、キム・スムさん自身がその「経験と苦痛を自分のものにする」なかから生まれた架空のサバイバーを主人公とする作品だ。

ただ、そのサバイバー自体は、《ここにもうひとりいるということを世界に知らせねばならない》（二二八ページ）という気持ちにさいなまれることはあるものの、いまだカミングアウトには至らない。「未完」で「まだ書かれている途上」であるかのような小説になっているのは、まさにそうしたカミングアウト以前の女性の躊躇や揺らぎをこそ、この小説が書こうとした、その効果だろう。

カミングアウトした朝鮮人元慰安婦の方々は、まさに金學順さんが口火を切ったことに対する「応答」として名乗りをおあげになったわけで、いまだカミングアウトされないままの方々の中にも『ひとり』の「彼女」のように、躊躇と揺らぎのなかにある女性（躊躇と揺らぎのなかで亡くなられた女性を含む）は少なくないだろう。

カミングアウトした元軍慰安婦たちは、たびたびテレビにも姿をあらわした。すると、「彼女」は《ネックレスにラベルをつける内職》の最中でも《テレビに向かって顔を上げ》るのだ。《彼女が誰にも言いたくなかった話を〔女たちが〕はなしている》姿を観る

ために。それは《自分と同じことをされた女性たちが、どのように生きているか気になるからだ。》（一八〇～一ページ）

金學順さんをはじめとするカミングアウトした女性たちの勇気は、「彼女」にも「ここにもうひとりいるということを世界に知らせよう」という気持ちを植えつけるだろう。しかし、逆に《慰安婦だということが広まって、人々が妙に距離を置くようになった》（一八三ページ）というような述懐が流れれば、「彼女」の気持ちは萎えるだろう。

キム・スムさんは、まさにそんなサバイバー女性の日常を「仮構」するのだ。

すでにこのことには少しふれたことがあるが、彼女は《子猫の捕獲》を商売にしている老人がいることを知る。《家のない野良猫が交尾して生まれた子猫》を売って、《一匹当たり最低五千ウォンは受け取る》ためらしい。《子猫が入った玉ねぎの網》が《電信柱にくくりつけられている。》（七一ページ）

ところが、ある日、《通りを歩いていた彼女はびくりとする。赤っぽいものが鉄の門の取っ手に巻かれている。まるで火傷を負った手が鉄の門の取っ手にぶらさがっているようだ。彼女は鳥肌を立てながら近づく。玉ねぎの網だ。しかしその中に子猫はいない。〔中略〕彼女は鉄門に近寄る。玉ねぎの網が自分の顔に罠のように被せられるような錯覚を覚えるほど、網に顔を突きつける。もしかしたら自分の目が悪くて網の中の子猫を見落としたのではないかと思って。》（二三八ページ）

元軍慰安婦の証言に触発されながら、戦後生まれの作家が、老女の晩年を「仮構」しつつ、書き上げた小説は、「証言」としては「未遂」に終わってしまったかもしれないが、しかし、サバイバーたちの晩年を考えるにあたっては、それこそが、決して見逃しえない「日常の細部」によって補強された「過去の持続」の形なのだ。

「過去の回想」だけを見たいなら「証言集」に手を伸ばせばいい。

しかし、ひっそりと晩年を生き続けている方々の「日常」が、いかに「過去」と不可分であるのかを真剣に考えたいとき、そのときこそ、『ひとり』のような「フィクション」の真価が発揮されるだろう。

11

思えば、文学や文学研究に目覚めた一九七〇年代、私は文学が「語り」から成り立っているということをあまり重視することなく、文学とは書かれたものだと信じこんでいた。モーリス・ブランショ（一九〇七～二〇〇三）やロラン・バルト（一九一五～八〇）、そしてジャック・デリダ（一九三〇～二〇〇四）が、どちらかといえば「エクリチュール」を重視しているように見えたことの影響が大きかったのかもしれない。

その結果、いわゆる「語り」は、むしろ「非文字文芸」と向き合わなければならなかった人類学者たちの領分だと、いつしか思いこんでいたように思う。ウォルター・オング（一九一二～二〇〇三）の『声の文化と文字の文化』（一九八二：林正寛他訳、藤原書店、一九九一）に触れたのは、ラフカディオ・ハーン（一八五〇～一九〇四）の文学と日本の口頭伝承の関係について考えだした時期にあたり、この関心が、結果的に、森鷗外の文学（「山椒大夫」）と説経（「さんせう太夫」）とを比較する方向へと私を導いた。

　しかし、同じ東欧系の作家でも、もっぱらゴンブローヴィチを研究対象にしていた一九七〇年代後半には考えもしなかったことなのだが、ザッハー＝マゾッホ（一八三六～九五）へと関心が広がった一九八〇年代半ば、私は、そのザッハー＝マゾッホが、エミリー・ブロンテ（一八一八～四八）、あるいはもっと年下でいえばコンラッドと同じく、「語ること」と「聴くこと」のあいだの「対話的緊張感」のなかに究極のエロスとスリルを見出そうとした作家だったとようやく気づいた。

「声」を介して「話者」と「聴き手」が深い、深い関係のなかに呑みこまれてゆく。それはそのまま人生相談としてはたらくし、それが恋愛に移行することもあろう。あるいは、警察の取り調べが同じ形をとることもあるフョードル・ドストイェフスキイ（一八二一～一八八一）の『罪と罰』（一八六六）のなかで予審判事のポルフィーリがラスコーリニコフの告白を先取りして言う「そりゃあなたが殺人犯ですよ」のひとことは、身震いがくるほど強烈だ）。

『マゾヒズムと警察』（筑摩書房、一九八八）を書いていたころに考え始めた「対話とエロス」をめぐる私なりの理屈は、いまから思えば、ミハイル・バフチン（一八九五〜一九七五）の「ポリフォニー」をめぐる議論を、私なりに時間をかけて消化してきたプロセスの産物であったということなのだろう。『嵐が丘』の「語り」は、大半が家政婦の女性から独身青年に向けての「噂話《ゴシップ》」の形式に収まっていて、その内容がどこまで「真実」に近いどうかを確かめる術はないのだが、青年はそれこそ一冊の小説を最初から最後まで読み聞かしてもらうかのように、ネリーの「語り」に耳を傾ける。

あるいは、『闇の奥』の語り手（＝マーロウ）は、テムズ川に浮かぶ船のなかで船乗り仲間に、過去のコンゴ行きの顚末を重厚な言葉で語る。その「語り」はまことしやかな「真実性」を装っているが、クルツの死を見届けた後、ヨーロッパに戻って、その婚約者の前に姿をあらわした彼は「彼が最後に口にしたのはあなたの名前でした」と嘘をついたと、それを得意話のように語ってさえいる（ひょっとしたら彼が、コンゴの奥地で聞き届けたという「地獄だ、地獄だ」の方が、でっちあげだったのかもしれないのだが）。

そういった十九世紀を代表する作品群のなかで、ザッハー＝マゾッホの出世作「コロメアのドン・ジュアン」（一八六六）は、旅行中、ウクライナ人の民兵に危険視されて、ユダヤ人の経営する居酒屋に一晩缶詰にされることになった主人公が、店の常連らしきウクライナ人貴族から自分の女性遍歴をたっぷり聞かされる形式をとっているし、死後にその代表作とされるようになった「毛皮のヴィーナス」（一八七〇）は、ヴァンダという女性の前にかしずいた過去を持つセヴェリン・クジェムスキの「小さな手記」を主人公がとある保養地で読みふけるという話だ。

こうした入れ子型の構造を持った「語りのなかの語り」こそが、文学から社会学、人類学に至るまでの「語り」の構造を支えている。

誰もが歴史的、地政学的な背景のなかで事実に即して話し（書い）ているのだが、読者の心を動かすのは何よりも命をはった「語り」の力だ。そしてそれは「入れ子状」になった「複合的な語り」の力であるのかもしれない。

それこそ口頭伝承が長い時間をかけて積み重ねられた「集合的な語り」であるように。

12

熊本大学時代に知り合いだった蘭信三さんと京都に来てからふたたび親しく付き合うようになったのは、「オーラル・ヒストリー」に対する関心を共有した仲間で、二〇〇三年の春に京都で立ち上げた「オーラルヒストリーの会」の活動を通してで、そこには京都大学系の社会学者や、当時は立命館大学で同僚だった姫岡とし子さん

（一九五〇〜　）などの他、私以外に、岡真理さんや中尾知代さん（一九六〇〜　）のような文学研究者もそこに参加しておられた。

文学研究者は「文字テキスト」だけを相手にするという禁欲主義に陥ると、口頭伝承の重要性、政治的マイノリティーの切実な声に対する向き合いがおろそかになってしまう。それこそ『フロイトと非‐ヨーロッパ人』（二〇〇三）のエドワード・サイード（一九三五〜二〇〇三）は、「イスラエル考古学」が「イスラエル国家の正当性」に奉仕するための御用学問と化していることに対抗したいなら、それらは《「事実」とそうした「事実」にある種の系譜を賦与した実践が他のさまざまな歴史の存在や声の多数性へと開かれてゆくといった結果をもたらすよう、批判されなければならない[13]》と声を大きくした。クロード・ランズマン（一九二五〜二〇一八）の『ショアー』（一九八五）における「声」の優位に絡めてこの問題に本腰を入れて取り組むべきだという考え方が私のなかで育まれていったのにも、そうした時代的な後押しがあった。

その後、二〇〇三年の秋には、全国規模の日本オーラル・ヒストリー学会が設立されて、一時的に燃え上がったオーラル・ヒストリー熱から私はしばし遠ざかることになったのだが、いまあらためて文学研究者の立場から「オーラル・ヒストリー」と「文学テキスト」のあいだの親近性と距離の問題にとりくむことの重要性を痛感するようになっている。

たとえば桜井厚さん（一九四七〜　）の『インタビューの社会学』（せりか書房、二〇〇二）を読むと、《面接調査を行う場合、調査が客観的であることは重要だが、それをあまり強く意識しすぎて機械的に接し、相手に嫌がられたり、相手が非協力的になってしまうと、得られた結果は逆に客観性をもたなくなるおそれがある。したがって、正確なデータを収集するためには、調査員と非調査員との間に一定の友好な関係を成立させ、調査を円滑に行うことが必要になる。両者の間に結ばれるこの友好的な関係をラポールとよぶ》という『新社会学辞典』（有斐閣、一九九三）の一節が引かれている。[14]

それはそうだろうなと思う。人間は、目的をもってのぞむインタビューであれ、日常的なよもやま話であれ、「ラポール」がいかに重要であるかは、われわれが日々痛感していることである。

そして、桜井さんらが進められた「対話的構築主義」とは、まさにこの「ラポール」そのものに対する強い配慮を促すものである。同書には、たとえばこうある――《語り手はインタビューの場で語りを生産する演技者であって、十分に聴衆（インタビュアー、世間など）を意識している。単なる情報提供者《インフォーマント》ではないのである。その意味で、語りは過去の出来事や語り手の経験したことというより、インタビューの場で語り手とインタビュアーの両方の関心から構築された対話的混合体にほかならない。とりわけ、語ることは、過去の出来事や経験が何であるかを述べること以上に〈いま‐ここ〉を語り手とインタビュワーの双方の「主体」が生きることである》（三〇～一ページ）。
いかなる「調査」も、言語を介する以上、まずは「対話」なのであるということ。

じつは、このことなら、私はフランツ・カフカ（一八八三～一九二四）の作品群、なかでも『城』（執筆一九二二、刊行一九二六）を論じながらずっと考えてきたと言える自信がある。

主人公のKは、「測量士《ラントフェアメッサー》」を名乗ってはいるが、まわりからは「浮浪者《ラントシュトライヒャー》」を見るような怪しい目で見られている。その彼が「目的地」である「城」を横目に見ながら、村人との「対話」を重ねるとき、彼は「浮浪者」の地位から少しでも自分を高めたい「活動家」のように〈いま－ここ〉を生きているのだが、それは同時に日々の日常に窮屈さを覚えている村人の訴えに耳を傾ける「相談員」のような役目をも引き受けることになっている。

それこそ「城」に近づきたい一心からフリーダという女性と恋仲になり、同棲生活を始めたはずのKが、オルガという別の女性と長い対話を交わすなかで、「城」とのあいだに困難を抱えこんだもの同士の連帯感を持つようになる。「対話的構築主義」という言葉だけ聞けば、これはまさにカフカが夢見た「ひととひとの連帯」につながりうる「対話技法」のように思えるのだ。

社会学という専門分野のなかで、それこそシカゴ学派以来、さまざまな試行錯誤がくり返されてきたに違いないのだが、「対話」を用いた「調査」とは「過去の出来事や経験」を解明するものであると同時に、一定の「ラポール」を維持したなかで、生きられる〈いま－ここ〉、そして「来るべき未来」にも連続していく「出会い」なのだということ。

妹アマーリアが「城」に住む役人からの求愛を踏みにじって以来、「村八分」になってしまった一家のオルガという娘は言う——《あなたという人は、隠さずに申しますが、いままではわたしたちにとって、〔弟の〕バルナバスがこれまでお城でつとめてきた仕事よりも大事な人だと言ってもよいくらいなんですもの。》

そして、もし主人公Kとオルガたち一家の関係が揺らいでしまうと《わたしたちは、必要な一致協力ができなくなって、あなたは、わたしたちを助けることもできなければ、さしでがましいことかもしれませんが、わたしたちの援助をお受けになることもできないでしょう。(15)》

「対話」はつねに「決裂」ではなく「相互扶助＝連帯」の可能性に向けて構築されている。「測量＝調査」とはそうした意味で社会的な営みなのだと、カフカは考えていた。先に「「声」を介して「話者」と「聴き手」が深い、深い関係のなかに呑みこまれてゆく。それはそのまま人生相談としてはたらくし、それが恋愛に移行することもあろう」

（本書一三二ページ）と書いたときに、すでに私は『城』のことを考えていたのだった。はたして、このことを基点にして「オーラル・ヒストリー」の在り方を考えてみることはできないだろうか。

13

そこで、もう一本の補助線を引くために、ミシェル・レリス（一九〇一〜九〇）の『幻のアフリカ』（一九三四）のことをふり返ってみよう。

同書は、すでに一九七一年の段階で部分訳が日本でも刊行されていた（イザラ書房）のだが、クロード・レヴィ＝ストロース（一九〇八〜二〇〇九）らの構造人類学の安定した需要に比べて、著者のミシェル・レリスが、ジョルジュ・バタイユ（一八九七〜一九六二）などと同じく変幻自在の物書きであったがために、その「民族誌」に熱い注目が向けられるまでには、ジェイムズ・クリフォード（一九四五〜）の『文化の窮状』（一九八八：太田好信他訳、人文書院、二〇〇三）の登場を待たなければならなかった。

じつは、京都時代に同書の編集を手掛けられた、当時、人文書院の編集者だった松井純さん（一九六七〜二〇二〇）は、その後、東京の平凡社に移られて、『絵画のなかの熱帯——ドラクロワからゴーギャンへ』（二〇〇五）など、岡谷公二さん（一九二九〜）

と数々のコラボレーションを手掛けられた。他方で、人文書院時代に、クリフォードのもたらしたインパクトをフランス文学やフランス系人類学の側から受け止めた『文化解体の想像力／シュルレアリスムと人類学的思考の近代』（鈴木雅雄・真島一郎編、人文書院、二〇〇〇）の刊行にも尽力されてもいた松井さんは、それ以来の相棒だった真島一郎さん（一九六二〜　）との親交を深められるなかで、『幻のアフリカ』（改訂完訳版、平凡社ライブラリー版、二〇一〇）を編まれもした。

以下は、四年前に書いたフェイスブック投稿である。

■近ごろ、若い時代に愛読した本をあらためて手に取る機会が増えたように思う。それはただの錯覚かもしれないのだが、かつて愛読した本を何十年かぶりに再読したときの知的興奮は、そのつどこうやって書き残しておかざるを得ないくらい、途方もないものだ。その空白の年月のなかに感じてきたこと、考えてきたことが、そうした「再読」の時間のなかを数珠つながりになって蘇ってくる。

若いころに熱中した本というのは、大半が「下ネタ」に絡んでいて、私がゴンブローヴィチや三島由紀夫やカミュやカフカにハマったのも、基本はそれだった。レヴィ＝ストロースの『悲しき南回帰線』[16]（一九五五）もそうだったし、ミシェル・レリスの『成熟の年齢』[17]（一九三九）や『幻のアフリカ』に手を延ばした理由も、それと大差なかった。

夜、夢精。ほんのわずかエロティックな夢を見たあと、心ならずも射精して夢は終わる。突然のセックスの出現。ぼくはセックスのことなどすこしも頭にないと思っていたのに。(18)

そして、レリスはそんな自分のアフリカでの心的状態を、この告白の後、次のように整理してみせる。

黒人の女が僕の眼に、現に刺激的に映らないのは、女たちがいつでも裸でいすぎるからだし、また、黒人の女との性交は社会的なものと何一つかかわらないからだ。白人の女と性交することは、つまり、その女を多数の因習から引き離し、肉体的な点からしても、もろもろの制度の観点からしても、裸にすることとだ。こういうことは、制度が僕たちのとはとても異なっている女とではありえない。ある点では、それはもう《女》でないという言い方が適切だ。(同前)

レリスは、ただ単にアフリカの女性たちの前で「気後れ」を感じていたというのではない。彼女たちを前にしては、西洋で培われた「恋愛」や「セックス」の遊戯性が成立しないと言っている。しかし、それでもアフリカ調査中の日常は、性的な刺激には満ち溢れていて、彼は「夢精」するしかないのである。あるいは手淫（《手淫は、つねに幻覚的な表象を伴う以上、高度に社会的な性格を具えている》――四四八ページ）。

そして、このきわめて禁欲的な態度は、そのアフリカ横断調査の最後まで貫かれる。『幻のアフリカ』のなかで、クライマックスと呼べるのは、アビシニア（＝エチオピア）で知り合い、その憑依体験に触れたことでほとんど虜になったエマワイシュという名の女性と同じ部屋で夜を過ごすことになった一夜の記述なのだが、そこでも彼は「禁欲」を保った。

エマワイシュと一緒に寝ることを考える。しかし、そばには子供がいるし、部屋の中にはアッパ・ジェロームもいる。彼女はぼくをはねつけるのではなかろうか？必要最低限の衛生上の手段がないといったつまらぬことも含め、他にもいろいろな理由がある……。要するに僕は何もしない。（七八〇ページ）

これがカフカの『城』の場合であれば、「城」に近づく手段たりうるかもしれないという思いが、主人公のKをして酒場の女給（＝フリーダ）に接近させるのだが、レリスは「アフリカの女性」と関係を結ぶことで「幻のアフリカ」に近づけるかもしれないとは考えない。考えそうになっても、自制するのだ。

平凡社ライブラリー版には、真島一郎さんによる解説が施されていて、そこでは「アフリカという秘密」「アフリカという女」を前にして、あくまでもそれを「幻」として維持しようという強い意思がレリスにはたらいていたことに注意が向けられている(「秘密という幻、女という幻/他と在ることの民族学」)。

しかし、その「禁欲」は、決してレリスのアフリカ体験の官能性を否認するものではない。真島さんの言い方を借りれば、《或る官能性を放散しながら積極的に伝達されようとする「無限の距離」》こそがそこには表象されていて、これは《『城』や『掟の門』でカフカが完璧に再現してみせたたぐいの表象》(一〇四〇ページ)に比すべきものだということになる。

『城』の「測量士=浮浪者」と、レリスとの差は、極小である。西洋列強の植民地支配によって蝕まれた一九三〇年代の「アフリカ」と、カフカが描いた「城」(の官僚機構によって統轄された村)とは、限りなく類似している。そこでは女という女が謎めいて官能的で、しかしそれは単なる性的な誘惑としてだけ機能するのではなく、その「幻」の何であるかを知るための「記号」のような姿態をさらすのだ。

「測量士K」も「民族誌家レリス」も、そのエロスに脳内をかき乱されながら、それでも「女を手に入れる」という以外の何か大きな「知的操作」(植民地主義や官僚主義の圧倒的支配のもとにある人々との距離感の確認）を一人の「民族誌家＝参与観察者」として生きようとしたという意味ではきわめて近い。

真島さんの「解説」を読むことで、私は二十歳前後に読んだ書物のあいだをつないでいたひとつの回路をはっきりと確認できた。

そして「女を多数の因習から引き離し、肉体的な点からしても、もろもろの制度の観点からしても、裸にする」という「セックス」なる遊戯は、異なる「制度」の下に置かれた「全き他者」を前にしては「封印」されてしまうことがある。「民族誌」なるエクリチュールの制度は、きわめて慎重な「性遍歴」を「参与観察者」に対して促すのである。

14

じつは、外から「異人＝闖入者」としてあらわれた「調査者」と「現地住民」とのあいだの微妙な関係について徹底的に考えるというのは、カフカのような作家は別にして、おそらくフィールドワークに足場を置こうとする人類学者にとっては習性であり、おそらくそれが彼ら彼女らにとっては一種の「使命」なのだろうと思う。

そのもうひとつの例を見ておきたいのだが、まずは『城』のなかで、主人公のKのもとに、ハンスという名の少年が懐っこくやってくる場面を引いておく――《Kの現在の境遇は、けっして羨むべきものではなく、むしろ悲惨で、あわれなものである。ハンスも、そのことは十分に承知していて、そのことを納得するために、いまさらKを他人とくらべてみるまでもなかった。彼自身は、いまのKが母に会ったり、母と話をしたりするのをなんとか防ぎとめたいとおもっているくらいだった。それにもかかわらず、彼は、Kのところへ来て助力を求め、Kが同意してやると、よろこんだのである。〔中略〕いまはなるほどKの身分は低くておぞましいものだけれども、ほとんど想像を絶するほど遠い将来にはあらゆる人びとに卓越したような人物になるにちがいないという確信が、ハンスのこころにめばえたのである。》（一六八～九ページ）

次に、佐久間寛さんの『ガーロコイレ／ニジェール西部農村社会をめぐるモラルと叛乱の民族誌』（平凡社、二〇一三）を読みながら考えたことを書く。

カフカの『城』を読みながら、ひょっとしてフィールドにおける人類学者の姿ってこういうものなんじゃないか、『城』は「民族誌」ではないが、フィールドワーカーを主人公とした一種の「寓話」じゃないかと思うようになったのは、いつごろだろうか。

熊本大学で知り合った池田光穂さん（一九五六～　）や、立命館に来てから親しくなった渡辺公三さん（一九四九～二〇一七）や原毅彦さん（一九五三～　）など、そうした文化人類学者の仕事ぶりを見ながら、その直観は、確信に近いものになってきた。べつに彼らのフィールド経験そのものから確信を深めるようになったというのではない。彼らはフィールドでの私生活まで語ってくれはしなかったし、その民族誌にそういったことが細かく書かれているわけでもない。しかし、人類学者が参与観察期間中に現地の人と性行為に及ぶことは十分にありうるし、そうでなくても淫夢くらいは見るだろう、また、外から来た人間であればあっただけ、期待を持たれ、自分をそこから連れ出してくれとか、悩みを聞いてくれとか、そういう相談を持ちかけることだって少なくないだろう。それはまさに夜でさえおちおちとは休めないくらい多忙をきわめ、夢のなかにまでフィールドでの経験が押し寄せてくると、眠りも眠りではなくなってしまう。そして、フィールドワークの目的が「城への到達」だとして、その「城」がいつまでたっても近づいては来ず、自分はその周りをぐるぐるまわっているだけじゃないかと感じる。

作家としてのカフカはさほど長い旅行は経験していないが、彼は『城』において確実に「民族誌」を試みていたのだった。それは「参与観察」を越えて、ほとんど「アンガジュマン＝コミットメント」に近かった。

『ガーロコイレ』には、村での調査中にいきなり「近所の子ども」が懐っこく「ユタカー」と言って邪魔をしに入ってくる場面がある。[19] その子どもにとって「ユタカ」という名の「白人」の顔をした「確たる言語能力を欠いたよそ者」（一一三ページ）が、なんだったのか。そして、さまざまな「白人」たちとの関わりを経ながら地域の歴史を最後にさぐりあてる同書には、「フィールドワーク」を生きた「よそ者」のモラル（生態と行動理念）が、これまた入念に書きこまれている。

15

グアテマラの人権運動家、リゴベルタ・メンチュウ（一九五九〜　）がノーベル平和賞を授けられたのは、コロンブスの新大陸到達五百年の年にあたった一九九二年だが、内戦で家族を失い、若くして活動家となる途上で、その「証言文学《テスティモニオ》」として編まれた『私の名はリゴベルタ・メンチュウ』（一九八三：高橋早代訳、新潮社、一九八七）は、大きな話題を提供した。マリーズ・コンデ（一九三四〜　）が、米国マサチューセッツ州セーラムで魔女として告発されたなかにいたアフリカ系の女性（ティチューバ）に肉付けを施し、壮大な環大西洋小説を仕上げるにあたって『私はティチューバ／セイラムの黒人魔女』（一九八六）の題を与えたことは、決して偶然ではないと思われる。それこそ一九世紀の英語圏で確立された「奴隷語り《スレイヴ・ナラティヴ》」の現代版として、『私の名はリゴベルタ・メンチュウ』は、位置づけられたのだ。

「サバルタン女性」の「自分語り」を「文字化」するには、その「語り」を聴き取って「文字テキスト」に変える「編者」の存在が不可欠である。『私の名はリゴベルタ・メンチュウ』に関しては、ベネズエラ出身の人類学者エリザベス・ブルゴス＝ドゥブレ（一九四一〜 ）がその「編者」の役割を引き受け、リゴベルタの証言の背景にあるマヤ文化（『ポポル・ブフ』など）に関する情報を添えたりするなど、まさに「編者」としての大仕事をなしとげたのだった。しかも、日本語版では「エリザベス・ブルゴス編集」と明記されているものの、初版のスペイン語版とフランス語版では、「エリザベス・ブルゴス著」となっており、後にリゴベルタは《あれは私の本ではありません。エリザベス・ブルゴスの本です》（三八六ページ）と言って、切って捨てたほどだ。

じつは、この一冊に関しては、一九九〇年代の後半、デイヴィッド・ストール（一九五二〜 ）という人類学者が、『リゴベルタ・メンチュウとすべての貧しいグアテマラ人たちの物語』（一九九九）を世に問うて、リゴベルタの「証言」と「事実」とのあいだの「食い違い」を執拗に洗い出すという作業を企てた。

同じころ、東アジアでは、金學順さんほか、元慰安婦らの「証言」のなかに「事実」との「食い違い」や「証言」内部の「不整合」を見ようとする、いわゆる「修正主義」的な「歴史認識転覆の企て」が、悩ましい状態にまで肥大しつつあった。たしかに「裁判」を通じて「賠償」を要求しようという法的闘争を狙うものにとっては、「証言」の「信憑性」をめぐる議論は、煩わしいとだけ言って済ませられるものではなかっただろう。しかし、たとえば、『世界文学とは何か?』(二〇〇三)のデイヴィッド・ダムロッシュ(一九五三〜)は、あっけらかんとこういって見せた——《彼女の物語を世界文学というコンテキストで考えてみれば、ストールの調査がもたらす真の驚きは、メンチュウの書物の文学性にあるのではなく、その世界性にあることがわかる[20]》と。

はたしてこの論争に対して歴史家や社会学者がどう反応したのかは寡聞にして知らないが、ダムロッシュは、メンチュウの擁護者の多くが、「語り」の「集合性」に注目していることを重視する。

たとえば、《メンチュウの友人であり支援者でもあるグアテマラの歴史家アルトゥーロ・タラセナ》は、ストールの攻撃にこう応答したという——《自伝をこんなふうに攻撃する人など他に見当たりません。彼女への攻撃の背後にあるのは人種差別です。もしストールが、先住民たちは物事を集合的に語るということ、メンチュウが表現したのは集合的意識の声だということを理解していないとしたら、彼は人類学者として一体何を理解しているというのでしょうか。〔……〕この本の迫力は一人称の語りにあります。彼女が他の「闘士たち《ミリタント》」から聞いたことも、彼女が見ていないことも、彼女が自分の声に変えて語っていることも含まれています。彼女の語っていたのは、マヤ人全体の生なのです》(三六五ページ)と。

あるいは、『生の歴史《イストリア》/歴史《イストリア》の道としての口承性』(一九九六)のエレナ・サジャスは、

「間接的自伝《アウトビオグラフィア・インディレクタ》」として同書を読み、《これは対話という形を伴い、その中で社会的行為者としての語り手は、ある時点で、個人の物語だけでなく集合的な物語までも練り上げてしまう》と書いているという(三六六ページ)。

先に触れた論文「記録・フィクション・文学性——「聞き書き」の言葉について」のなかで、日本文学者の佐藤泉さんは、「記録とフィクション」の境界領域を踏査してみせた女性表現者らを縦横に論じながら、同論文をこう締めくくられた。再度引いておこう——《地上で流通する交換可能の言葉ではなく、支配的な価値と馴れ合い、決して出来事に触れることのない言葉ではなく、ある場合には伝達の道具となった言葉にかき消され、ある場合にはそれを凌駕する聞き書きの言葉、受動とも言えず、能動ともまた言えない言葉の共鳴の中に、言語の詩的な次元がふと立ち現れる。それは言語をその生成の場に立ちかえらせ、言葉を通して世界を再び回復させるのだ。こうした言葉の希少な質を、記録とフィクションの二分法に先立つ「文学性」と呼んでよいと思う。》

ダムロッシュは、『私の名はリゴベルタ・メンチュウ』の「文学性」を擁護する代わりに「世界性」を前面に押し出そうとしたのだが、リゴベルタ・メンチュウは、アレクシェーヴィチや石牟礼道子さんに負けず劣らず「世界文学」の重要な一部なのだ。

「実証的に確定されている事実」とのあいだに「食い違い」があることは、法廷用に用意された「証言」の場合には不都合があるかもしれないが、「文学」が人類の遺産として生き延びるうえで、それは瑕疵にはならない。

16

熊本から京都に職場を移してやってきた私に、リゴベルタ・メンチュウや、作家であり、かつ民族誌家でもあったホセ・マリア・アルゲダス（一九一一〜六九）といった中南米の表現者たちについて、熱く語ってくれたのは、崎山政毅さん（一九六一〜　）だった。ちょうど、私が京都に来た一九九七年から、崎山さんは雑誌『文藝』（河出書房新社）誌上で、細見和之さん（一九六二〜　）、田崎英明さん（一九六〇〜　）とともに鼎談を重ねておられ、それが『歴史とは何か』（河出書房新社、一九九八）として翌年刊行され、そのお祝い会を京都の百万遍周辺で開いたことを覚えている。

　同書には「出来事の声、暴力の記憶」との副題が添えられており、阪神淡路大震災を身近に経験された細見さんが、冒頭部でヴァルター・ベンヤミン（一八九二〜一九四〇）の言語哲学（「事物語《シュプラッヘ・デア・ディンゲ》を人間語に翻訳することは、名のないものに名を与えることだ」）を紹介し、以下は、やや大雑把な要約にはなってしまうが、震災に留まらず、「ショアー」やグアテマラ内戦、あるいは日本軍慰安所（占領と植民地支配）の問題などを、「出来事」と「言葉」、「暴力」と「言葉」との関係のなかで論じるという流れになっている。

このような時期に、私は「リゴベルタ・メンチュウの「証言」をどう受け止めるのかという問いに対して、崎山さんの論文「明かしえぬ秘密の《前》に――『私の名はリゴベルタ・メンチュウ』をめぐって[21]」から大きな示唆を受け始めていた。

同論文のなかで崎山さんは、『私の名はリゴベルタ・メンチュウ』に対する数々の批判に加えて、前に触れたデイヴィッド・ストールの「批判」に言及し、「歴史実証主義」の名の下に、《〔いくら〕抑圧的でさまざまな問題をかかえた〔面があるとしても〕ゲリラ組織を〔中略〕ひとまとめに批判せんがために、リゴベルタ・メンチュウの証言をはじめとした先住民族の記憶の作業をも貶めることは、いったいどのような効果を生み出すのか。このことが問われなければならない》（二七四ページ）と書かれていた。

それこそ日本軍慰安所経験者たちの「証言」を貶める「修正主義」の日本における台頭にそのまま通じる北米・中米での現状に対して、崎山さんは、独自の「証言論」をもって立ち向かおうとされていた。

それはおそらく細見和之さんや、『サバルタンと歴史』（青土社、二〇〇一）の「あとがき」の末尾部分に、《この本を〔中略〕ささげたいと思う》（二九四ページ）と名前を挙げて追悼されている野村修さん（一九三〇〜九八）といったベンヤミン学者から受けた感化のあらわれだと思うのだが、崎山さんが、《「語られた言説」と「経験」という〔中略〕二分法》（二六四ページ）を乗り越えるために試みるのは、次のような「証言論」である

——《証言者が証言をするとき、それは証言者の意志でありながら、彼女や彼が意志ではどうしようもない出来事におそわれ、「出来事の言語」を語る》ことになる（二六六ページ）というのである。

ここでさらに崎山さんは、近著『マルクスと商品語』（井上康との共著、社会評論社、二〇一七）の論旨にも直結するだろう次のような着想を言葉にされていた——《あたかも資本制社会における商品保有者が、みずからの意識においては意志行為として商品交換をなしていながら、商品という物象〔中略〕にその意志行為を支配され、商品語を語る、という〔中略〕様態がそこに現出する》（同前）と。

私たち人間の発話は、時間空間的な「認識論」的な拘束のなかで、ぎりぎりの逸脱や突然変異に賭ける形でしか語られないものなのだが、しかし、逆に「出来事」であれ「商品流通」であれが同様にその「言語」を持つのであれば、ひとは自分の「意志」ではどうしようもない出来事」におそわれ、「出来事の言語」（あるいは「商品語」）を語ることになる。

そして、ダムロッシュが注目したリゴベルタ・メンチュウの「証言」の「集合性」という側面に、崎山さんは独自の道筋を経てたどり着く——《出来事は単独であると同時に集合的・社会的であり、それゆえ、語られた言葉は個人の経験と切断することができないままに集合的な経験としても開かれていく。》（二六七ページ）

「出来事」が数多くのひとを巻きこむとき、人間は「出来事の言語」の前で絶句したり、その声を聴かないふりをしてはぐらかしたりもするのだが、逆に「個々の経験」の枠の中に閉じ込めた状態でしかなかったとしても「集合的な声」をもって語ることがある。その際に、その「声」の主は、「出来事の言葉」に応答する「すべての人びと」に随伴=伴奏されながら、「人間の言葉」で応答しているのだ。そしてそうした「集合性」こそが、過去の「出来事」に突き動かされて、次に生じうるかもしれない「来るべき出来事」に向けたシフトの構築を準備する。

崎山さんが書いた次の一文は、そういうことだと私は思う――《証言者自身による抵抗としての応答は、証言者が出来事の言葉を語り出すとき、出来事に幾度となくおそわれながらも、出来事に抵抗する言葉の力を出来事の言葉そのもののなかに生起させていく点に可能性を持っている。》（同前）

「証言文学」とは「出来事の暴力」と闘うなかから生まれた「文学」なのであり、いまから思えば、一九九五年の前後は、こうした「証言文学」に対する関心が最も高まった時代だった。

それから四半世紀。文学からオーラル・ヒストリーまで、歴史の残響を後世に留めようとする「言語的な呼びかけ」の全体を視野に入れた学問的な総括は、いまこそ緊急性を帯びていると思う。

17

『歴史とは何か』をひさしぶりに読み返している。同書が刊行された当時、人文書院におられて、崎山さんや細見さんとともに熊本から来た私を温かく迎えて下さった松井純さんの急死にひきずられたひとつの喪の作業のようなものだった。

三人のなかで、細見さんは、クロード・ランズマンの『ショアー』の日本公開にあたって、字幕作りをはじめとする裏方に関わられた一人だった。また崎山さんは、細見さんに、さらに、当時、京大の人文研で助手をしていた上野成利さん（一九六三〜　）を加えた三人で、ショシャーナ・フェルマン（一九四二〜　）の『声の回帰／映画『ショアー』と〈証言〉の時代』（一九九二：太田出版、一九九五）の翻訳にも従事された。

一九九五年は、日本において戦後五十年の年であったし、韓国からは元慰安婦たちの「カミングアウト」が加速して、日本政府はそれらの「声」に「応える」ための措置に乗り出した時期でもあった。

そもそも一九世紀に「奴隷語り《スレイヴ・ナラティヴ》」は、奴隷制度の非人道性を訴え、最終的にはその制度の廃止に向けてともに闘おうという人権派の動きを加速させるための「起爆剤」としてはたらいた。

それが二〇世紀に入ると「奴隷交易」に準じる「人身売買」（とくに女性の）や「植民地におけるジェノサイド」などが、被害者たちの「訴え」を通じて、国際的な人権運動の高まりを生み出した。

しかし、そうした国際的な気運を尻目に、第二次大戦の枢軸国（とくに日本とドイツ）は、戦争遂行の名を借りた、数々の人権蹂躙に関与したのだった。しかも、戦後の戦争裁判においても、ほとんど裁かれずに終わったのが、戦時性暴力だった。東アジアでは、沖縄の裵奉奇《ペポンギ》さん（一九一四〜九一）以降の「昔語り」――山谷哲夫のドキュメンタリー映画『沖縄のハルモニ　証言・従軍慰安婦』（無明舎、一九七九）や川田文子さんの『赤瓦の家』（一九八七）など――が先鞭をつける形で、金學順さんらの「カミングアウト」が決定的な役割を果たして、「慰安婦問題」は、一方では「補償・賠償」といった司法や政治のレベル、「人類の記憶に残そう」という「歴史認識」のレベル、さらには昨今の「#MeToo 運動」にも通じる、遍在する性暴力との闘いを前に進めるための社会運動のレベルなどで、さまざまな動きがそこを基点にして生じている。

しかし、そもそも英文学者であった尹貞玉さん（一九二五〜）を中心として初期の「聴き取り」を進めた韓国の挺身隊研究会は、かならずしもそれを「証言」の収集作業だと明確には位置づけていなかったかもしれない。それが、「真相究明」を踏み台にして「法廷闘争」へと舵を切った運動体は、「切り札」としての「証言」に重きを置くようになった。

日本におけるフェルマンの『声の回帰』が「映画『ショアー』と〈証言〉の時代」という副題を含む形での刊行になったのは、そもそも同論文が『証言《テスティモニー》』（一九九二）という論集に収録されていたわけだから、その流れを汲んだ判断ではあるのだろう。しかも、その共訳者のなかでは、先に取り上げたリゴベルタ・メンチュウの『私の名はリゴベルタ・メンチュウ』につなげる形で、元慰安婦たちの「証言」を受け止めたいという思いが共有されていたようだ。

一九九一年十二月、日本政府に対して賠償を請求した金學順さんたちにとって、リゴベルタ・メンチュウのノーベル平和賞受賞（一九九二）は、大きな発奮材料となったことだろうし、そうした「証言」を介した「圧制」との闘いという構図のなかで、一九九五年の日本では、ランズマンの『ショアー』の上映もまた位置づけられた。

フェルマンは、論文の冒頭部分でこう言っている——《『ショアー』はもっぱら証言から作られた映画、ホロコーストという歴史的体験に関与した人々の、直接的な証言から作られた映画である》（一二ページ）と。

しかし、『戦争と性暴力の比較史へ向けて』（上野千鶴子・蘭信三・平井和子編、岩波書店、二〇一八）のなかで山下英愛さんが、過去をふり返りながら述懐されているように、《「韓国で続々と編まれた」証言集には様々な被害当事者の声が口述テキストとなって掲載されている。そして、そこには当事者と向き合い聴き取り作業を行った調査者たちの視線や思いも反映されている[22]》ものなのである。

狭義の「証言」（法廷で採用されるそれ）からは不可視化されがちな「当事者と向き合い聴き取り作業を行った調査者たちの視線や思い」を、むしろ前景化しているとさえ言えそうなランズマンのインタビューは、たしかに「証言」を引き出すための手練手管に凄みすら感じさせるものだ。

その聴取対象は《犠牲者、加害者、傍観者》（『声の回帰』一五ページ）と、多岐に及んでいるのだが、ポーランド人農民の「傍観者性」を抉り出したり、ドイツ人将校の「悪びれなさ」をからかったりするような介入もさることながら、ユダヤ人サバイバー（ポドフレブニク）がふと漏らした笑みに「理由」を求めたり、それどころか同じく生き残りのシモン・スレブルニク（一九三〇～二〇〇六）を、彼のことを記憶しているヘウムノの老人たちのあいだに立たせて、身動きできなくさせたり（《〔その場面で〕演じられているのは、いかにして現実の証人が、歴史と生に立ち返ろうとする際に、いま一度、騒がしい人々によって沈黙へと追いやられ、死んだ状態へと打ちのめされるのか、ということである》——一三三ページ）、素人目にも度が過ぎる感さえある。しかし、そうしたランズマンの強引さがあってこその『ショアー』なのであり、フェルマンは、こうも言っている——《この映画がその驚くべき証言を開始するのは、歴史で矛盾した二重の任務、すなわち沈黙を破ると同時に、どのような所与の言説をも破砕し、あらゆる枠組を打破する――あるいは炸裂によって開示する――という二重の任務を実行することによってなのである。》（四五ページ）

「沈黙」をいくら破って「言葉」が得られても、それだけでは足りない。「所与の言説」や「枠組」（＝ステレオタイプ）をこえる「より強い言葉」を得ようとして、荒療治を試みるランズマンは、まさにそのみずからを時には前景化することで、「証言を得ようとする者のがむしゃらな姿」を思いきり可視化させる。

『ショアー』はもっぱら「証言から作られた映画」であると言えるなら、それはこの映画がまさに「訊問」と名付けるしかないランズマン監督の「助産婦」的な動きを隠蔽しないという固い決意とともにこそ成立しえたということを意味している。

「妊婦」が一人で「語り」を産むわけではなく、そこには「医師」や「助産婦」の存在、そして、「出来事の反響」としての「語り」によって心を揺り動かされる読み手や聴き手、さらには「語り」を「証言」として活用しながら、社会変革に結びつけていこうという動きもまた、そこからは力強くはぐくまれていく。

『ショアー』という映画の価値は、そこに詰めこまれた数々の「証言」自体の価値ではなく、その「証言」が生み出されるプロセスをこそ、包み隠すことなく明らかにした、ドキュメンタリー映画としての可能性を最大限に生かした点にこそあると私は思っている。

18

一九九五年は、『ショアー』の日本初公開という記念すべき年で、それを一月には阪神・淡路大震災、三月には地下鉄サリン事件という、「トラウマ」を引き起こす出来事の連鎖のなかで受け止めなければならなかったのが、日本列島の住民たちだった。

ひとまず、同映画の公開に合わせて、同映画のスクリプトからなる『ショアー』（高橋武智訳、作品社、一九九五）につづいて、『『ショアー』の衝撃』（鵜飼哲・高橋哲哉編、未來社、一九九五）が刊行され、映画ができた背景ばかりでなく、《東にアクセントがおかれて〔中略〕フランスの責任がまったく出てこないじゃないかという批判[23]》や《第三世界の民族が被っている戦後の犠牲〔中略〕にくらべてユダヤ人の問題ばかりが言われ過ぎるという反発》（九一ページ）などについても、冒頭の岩崎稔さん（一九五六～　）を交えた鼎談ではふれられているし、何よりもすでに日本で影響力を強めていた「歴史修正主義」に対する防波堤として、『ショアー』には何ができるのかという問題意識は、鼎談者相互に共有されていた。

ただ、そのなかでソール・フリートレンダー編『アウシュヴィッツと表象の限界』

（一九九二：上村忠男・小沢弘明・岩崎稔訳、未來社、一九九四）が焦点化していた「ホロコーストの証言は可能か」という問いに連ねた議論のなかで、鵜飼哲さん（一九五五〜　）はこう語っている。

ここで出てくるユダヤ人もそうですし、ドイツ人もポーランド人もそうですけれども、じゃあ彼らはユダヤ人やドイツ人やポーランド人を代表して語っているのかどうかという問題がでてきますね。この映画はおそらくそういうふうにならないぎりぎりの地点、証言という行為に内在するマイナー性が記憶のメジャー化に対抗する地点でできていると思うんですね。（六七〜六八ページ）。

じつは、この「マイナー化」の議論には伏線があって、鵜飼さんは鼎談の早い段階で、『ショアー』の公開と同じ年にフランスで刊行されたジル・ドゥルーズ（一九二五〜九五）の『シネマ2＊時間イメージ』（一九八五：宇野邦一他訳、法政大学出版局、二〇〇六）のなかの、「ドキュメンタリー映画」ならではの「生成変化」をめぐる箇所について言及しておられたのだった。ドゥルーズは、ランズマンの『ショアー』を観ることがないままに、その箇所を書いているのだが、以下は人類学者でもあったジャン・ルーシュ（一九一七〜二〇〇四）をはじめとする「シネマ・ヴェリテ」の作風を念頭に置いた記述である。

映画がとらえなければならないのは、実在の人物であろうと、または架空の人物であろうと、そうした人物の客観的、主観的な様々な側面を貫通するその人物の同一性ではない。そうではなく、実在の人物の生成をとらえなければならない。この人物は、みずから「虚構化」し始め、まさに「現行犯」として伝説化に踏み込み、みずからの民衆の創出に貢献するとき、まさに生成するのである。(24)

そして、その一九八〇年代の段階ですでに「第三世界の映画」に強い関心を持っておられたらしい鵜飼さんは、鼎談のなかでも「マイノリティー映画」に関するドゥルーズの次の言葉に強く反応するのである――《映画芸術は、この課題に取り組まなければならない。すでに現存するとみなされる民衆にむかうのではなく、一つの民衆の発見に寄与することである。支配者や植民者が、「ここに民衆などいたためしはない」と唱えるとき、欠けている民衆とは一つの生成変化であり、スラム街で、収容所で、あるいはゲットーで、闘争の新たな状況において作り出されるのであり、必然的に政治的な一つの芸術が、その状況に寄与しなければならない。》(三〇一〜二ページ)

これが、鵜飼さんの要約によれば、次のような「前衛映画論」となる――《映画作家とドキュメンタリーに登場する人々との関係は、単に回想を外在的に映すような関係ではいけない。作家がいわば証言者の側に一歩踏み出すことによって、証言者もこちら側に一歩踏みだしてくる。そのような二重の生成のなかで、ふだんは語れないこと、このような口調や表情では語らないことを証言者がカメラの前で語るようになる。そこまでもっていった時に、初めて〈生成するプープル〉としてのマイノリティーの映像表現が得られる。》（二九ページ）

『ショアー』であれ、その日本公開の後を追うようにして日本で公開されたピョン・ヨンジュさんの『ナヌムの家』連作であれ、これらのドキュメンタリー作品は、まさに映像作家と証言者（集団）のあいだの「対話的応酬」の記録であり、「出来事」にそこはかとない関心をいだく映像作家と、「出来事」に傷つけられた証言者たちとのあいだに広がる《厳然たる距離》（二七ページ）とどう向き合うのかという問いとともに、映像作者は「生成変化」の道を模索するしかなくなる。一九九〇年代の日本で「証言の映画」としてもてはやされた映像作品は、むしろ「映像作家と証言者」とのあいだの「シナリオのない対話」のなかから「民衆」という名の「集合性」がたちあらわれる瞬間を予感させる作品群なのだった。

19

クロード・ランズマンの『ショアー』は、完成翌年のベルリン国際映画祭に出品されて、カリガリ賞を受賞したが、ドイツ（西独）国内では、激しい反発があり、同種の反発が、国営テレビで上映されたポーランドにおいては、いっそう強まった。

しかし、この映画祭がきっかけになって、『ショアー』の日本での上映に向けた動きが一度は起動した。というのも、一九八七年のベルリン国際映画祭に出品されて、奇しくも同じカリガリ賞を受賞したのが『ゆきゆきて、神軍』（企画：今村昇平、監督：原一男、一九八七）で、同映画に「未決の責任追及」の姿勢（この場合は昭和天皇や日本政府の責任ということになる）をみておられた平和運動家の高橋武智さん（一九三五〜二〇二〇）が、まず『ショアー』のスクリプトの《刊行を先行させ》ようと動き出し、《作品社が翻訳権を獲得[25]》するというところまで行ったようなのだ。しかし、日本の配給会社の関心が薄く、むしろスティーヴン・スピルバーグ（一九四六〜 ）の『シンドラーのリスト』（一九九三）が背中を押したというか、あるいはそのあまりの商業主義に対抗しようというバランス感覚が働いたのか、《戦後五十年を控えた〔中略〕一九九四年秋、思いもかけず〔機会が〕フランス政府から提供されることになった》（四七三ページ）という。そして、《鵜飼哲氏を中心に作業委員会を作って実務的な準備にあたり、フランス側との緊密な協力のもと、〔一九九五〕年一月二七日〔＝アウシュヴィッツ解放記念日！〕に、東京日仏会館での試写会にこぎつけた》（四七四ページ）という経緯だったようだ。

そのころ、すでに昭和の世の中は平成へと切り替わっていたが、まさに「戦後五十年」という合言葉のなかで、「戦争を生き延びた証人たち」に広く脚光が当たったのが、この年で、日本軍慰安所で持続的な性暴力に晒された女性たちの「言葉」に向けられる関心も、いまからは想像ができないほどだった。

ただ、べ平連の別組織であった「ジャテック」で米軍からの脱走兵の救済に奔走し（参考：『私たちは、脱走アメリカ兵を越境させた……べ平連／ジャテック、最後の密出国作戦の回想』作品社、二〇〇七）、さらにはＰＬＯパレスチナ解放機構との連帯を鮮明に打ち出し、また反天皇制論者でもあった高橋武智さんが『ショアー』を観るときの視角は、『ゆきゆきて、神軍』の向こうに『ショアー』を見るというバイアスがかかっていたと思う。

フランスでレジスタンスを闘ったランズマンが、ヨーロッパの東方で死線をさまよい、それでも生き延びた同胞に向けるまなざしの熱さもさることながら、まさに「戦争責任」を負ってしかるべきドイツ人兵士に牙をむいてかみついてくその姿勢にこそ、元上等兵・奥崎謙三さん（一九二〇〜二〇〇五）に通じる突撃精神を見ているかのようである。しかも、『さよならCP』（一九七二）で存在感を示した原一男監督（一九四五〜　）が、奥崎さんを説得してニューギニアの元戦地を再訪させ、それをカメラに収めようとしたというアイデア（そのフィルムは、「パプア紛争」をめぐる情報の隠蔽を図ったインドネシア政府によって没収され、その箇所は映画に用いられていない）は、元囚人のスレブルニクを収容所跡まで連れ出して、そこでカメラをまわしたランズマン監督のスタイルを、まるでなぞったものであるかのようでもある。

しかし、あらためて考えると、『さよならCP』においても脳性マヒ者（CP）の主体的参加（ドキュメンタリー映像というシステムの「我有化」）を促すことで、あくまでもカメラの側に身を置こうとする傾向の強かった原一男さんは、『ゆきゆきて、神軍』においてもまた奥崎謙三さんに下駄を預ける展開を自分から心がけている（《判断は私がしますから、原さんはついてくればいいんです。私は行動者です。原さんは語り部でしょう。語り部は黙って行動者を撮ってくださればいいんです。》[26]）こうした「黒子」的な役割がランズマンほど似つかわしくない映像作家もないだろう。

ただ、こうした一九九五年前後のドキュメンタリー映像の衝撃が私をその後向かわせたのは、「戦地における殺人（や人肉食）」をめぐる当事者・非当事者の入り乱れる「言葉の応酬」が持つ諸効果に関心を向けるという道だった。

注

(1)中西徹編『〈崎戸本・Ⅱ〉一に高島、二に端島、三で崎戸の鬼ヶ島』浮游社、二〇一九、二三八ページ(以下、同書からの引用は、本文中にページ数のみを記す)。
(2)岡本達明・松崎次夫編『聞書 水俣民衆史』第五巻、草風館、一九九七、九四ページ。
(3)上野英信『追われゆく坑夫たち』岩波新書、一九六〇、一四九〜一五〇ページ。
(4)上野英信『出ニッポン記』潮出版社、一九七七、七ページ(以下、同書からの引用は、本文中にページ数のみを記す)。
(5)西成彦『外地巡礼——「越境的」日本語文学論』みすず書房、二〇一八、九〜一〇ページ。
【 】内は引用への加筆部分。
(6)一九三六年に第二回芥川賞の候補作になった宮内寒弥(一九一二〜八三)の「中央高地」(一九三五)を念頭に置いた。同作は、黒川創編『〈外地〉の日本語文学選 2満洲・内蒙古・樺太』(新宿書房、一九九六)に収録されており、比較的容易に読める。
(7)中山大将『国家は誰のためにある?——越境地域・サハリン・樺太』清水書院、二〇一九、一〇四ページ。
(8)西成彦『耳の悦楽——ラフカディオ・ハーンと女たち』紀伊國屋書店、二〇〇四所収。
(9)石牟礼道子『苦海浄土』講談社文庫、一九七二、三〇九ページ(以下、同書からの引用は、本文中にページ数のみを記す)。
(10)『思想』二〇一九年一一月号(通巻一一四七号)七四〜五ページ、六三ページ(以下、同書からの引用は、本文中にページ数のみを記す）。

(11)佐藤泉『一九五〇年代、批評の政治学』中央公論新社、二〇一八、二七三〜五ページ。

(12)キム・スム『ひとり』岡裕美訳、三一書房、二〇一八、二五二ページ（以下、同書からの引用は、本文中にページ数のみを記す）。

(13)エドワード・サイード『フロイトと非‐ヨーロッパ人』長原豊訳、平凡社、二〇〇三、六六〜七ページ。ここでの記述にあたって、サイードは、ナディア・アブ・ハッジ（一九六二〜　）の『地上の事実《ファクツ・オン・ザ・グラウンド》――イスラエル社会における考古学的実践と領土的自己形成』（二〇〇一）のことを念頭に置いていた――《イスラエル考古学の周到なる脱構築であるアブ・ハッジの研究は〔中略〕これまでは同様の研究に値しないと見做されてきたアラブ系パレスチナ人の否定についての歴史でもあります》（六五ページ）と。

(14)桜井厚『インタビューの社会学――ライフストーリーの聞き方』せりか書房、二〇〇二、六四ページ（以下、同書からの引用は、本文中にページ数のみを記す）。なお『新社会学辞典』の項目執筆は尾崎史章、一四六三ページ。

(15)フランツ・カフカ『〔決定版〕カフカ全集⑥城』前田敬作訳、新潮社、一九八一、二〇九ページ。

(16)レヴィ＝ストロース『悲しき南回帰線』室淳介訳、講談社、一九五七：講談社文庫版、一九七一：『悲しき熱帯』川田順造訳、中央公論社、一九六七。

(17)ミシェル・レリス『成熟の年齢』松崎芳隆訳、現代思潮社、一九六九。

(18)ミシェル・レリス『幻のアフリカ』改訂完訳版、岡谷公二ほか訳、平凡社ライブラリー、二〇一〇、二二〇ページ。

(19)佐久間寛『ガーロコイレ／ニジェール西部農村社会をめぐるモラルと叛乱の民族誌』平凡社、二〇一三、三〇六ページ（以下、同書からの引用は、本文中にページ数のみを記す）。

(20)デイヴィッド・ダムロッシュ『世界文学とは何か?』秋草俊一郎・奥彩子・桐山大介・小松真帆・平塚隼介・山辺弦訳、国書刊行会、二〇一一、三六七ページ。

(21)崎山政毅『サバルタンと歴史』青土社、二〇〇一(以下、同論文からの引用は、本文中に後者中のページ数のみを記す。なお同論文の初出は『思想』一九九八年八月号(通巻八九〇号)。

(22)上野千鶴子・蘭信三・平井和子編『戦争と性暴力の比較史に向けて』岩波書店、二〇一八、三六ページ。

(23)鵜飼哲・高橋哲哉編『「ショアー」の衝撃』未來社、一九九五、八九ページ。

(24)ジル・ドゥルーズ『シネマ2*時間イメージ』宇野邦一他訳、法政大学出版局、二〇〇六、二一〇ページ。

(25)クロード・ランズマン『ショアー』高橋武智訳、作品社、一九九五、四七二ページ(以下、同書からの引用は、本文中にページ数のみを記す)。

(26)原一男・疾走プロダクション編著『ドキュメント ゆきゆきて、神軍』現代教養文庫、世界思想社、一九九四、四七ページ。

Ⅳ　ジェノサイド縦横

1

「ジェノサイド」という言葉が発明されたのは、第二次世界大戦のさなかであったが[1]、第二次大戦後は、もっぱら「ホロコースト」によって代表されてきた「ジェノサイド」のなかに、新世界征服や植民地支配がもたらした「人種主義的な大量殺人」やその他の「文化変容」、そしてかつてであれば「階級闘争」の名の下に正当化さえされてきた社会主義国家内部での粛清、さらにはそうした「赤色テロ」に対抗するような「白色テロ」まで含めて、「ジェノサイド」という概念を大きく見積もろうというのが現代の趨勢である。そのためにイスラエルを中心とするユダヤ人の多くは、その後にギリシア語で「燔祭＝丸焼き」を指す「ホロコースト」と同様にこの用語を嫌い、自分たちに襲いかかった厄災を、「ショアー」としか呼ばない。

しかし、他方、バルカン史は、ユーゴ内戦の衝撃から「民族浄化《エスニック・クレンジング》」という概念を拡大的に用いる可能性に端緒を与えてくれたし、ユダヤ系ポーランド人の法学者、ラファエル・レムキン（一九〇〇〜五九）が「ホロコースト」を現実として受け止めなくてはならなくなり、そこで「ジェノサイド」という言葉を用いようと決めたたとき、具体的に先行例として想起していたのは、第一次大戦のどさくさのなかで、オスマン・トルコ軍で発生した「アルメニア人虐殺」（一九一五）だった。

そして、その「ジェノサイド」に代わる概念として「民族浄化」という言葉がさらに発明されなければならなかったのは、「ジェノサイド」はそれだけでは殺害行為をしか指さず、ユーゴ内戦で国際的に問われたのは、「マイノリティに対する圧迫」の全体だったからだ。

そうした議論のなかでよく引かれるのは、ナチス・ドイツと結託して、建国された「クロアチア独立国」の教育相、ミレ・ブダク（一八八九〜一九四五）が、独ソ戦開戦の一九四一年六月二二日の段階で声に出した次の言葉だった。《国内のセルビア人の三分の一を追放し、三分の一を抹殺し、三分の一をカトリックに強制改宗させるのだ。[2]》

つまり、土地からの追放（＝住民交換）も、同化（＝強制的改宗）も併せて含意できる包括的な概念として「民族浄化」という概念が必要とされたのだ。「ホロコースト」も「民族浄化」だが、「ホロコースト」のモデルでは、「追放」は含み得ても、「同化」（これを「エスノサイド」と呼ぶこともある）までカバーはできない。

そして、強圧的な国家の「同化政策」をまで含めて考えられるならば、近代日本のアイヌ同化政策から、霧社事件への報復、南京虐殺、さらには「創氏改名」や植民地出身の慰安婦動員まで、その全体を「民族浄化」の名の下に総称するという可能性も見えてくる。

東アジアの歴史認識をめぐる「思想戦」が過熱するのが、まさに一九九〇年代であったことを考えると、「中＝東欧史」を視野に入れながら、「帝国日本」の来歴をたどり直すというスタイルの起源もおのずと明らかになってくるだろう。

2

「ジェノサイド」を考えるにあたって、私たちは、ナチズムやスターリン主義から、そして植民地支配や戦争の名の下に日本軍が行った暴力行使などから、学べるだけ学んで、そうした過ちに二度と手を染めないための努力を持続させなければならない。

私は、二〇世紀の代表的な作家を扱った『ターミナルライフ／終末期の風景』（作品社、二〇一一）のなかで、カフカの「変身」（一九一五）に絡め、次のように書いた——《私たちは〔中略〕世界の各地で無残に殺害されていくひとびとが、殺される前にあらかじめ「害虫」（＝生き残るべき多数者の敵）のレッテルを貼られたひとびとであるということにもっと目を向ける必要がある》(3)と。

二〇一六年七月二六日、相模原市の「津久井やまゆり園」で起こった殺傷事件のことを知った時、私が自分である以上、まず立ち戻りたいと思ったのは、この一文だった。「障害者」を「害虫」としてレッテル貼りするような優生思想は、どこにも「公認」されてなどいないが、現代社会には、否定しようのない形で根づいている。こうして根づいたものを「イデオロギー」と呼ぶとして、そうした「イデオロギー」の命ずるままに、「害虫駆除」に向けて手を下す「実働部隊《エイジェント》」として、世の中の誰かが、ひとりでも手を挙げてしまうと、あのような惨劇が起きるのだ。あの暴力を行使した特定の人間は、「犯人」であると同時に「イデオロギー」の「手先《エイジェント》」であるとみなすべきだろう。

そして、その「手先《エイジェント》」が精神障害治療の措置入院から出てまもないひとりだったというだけで、今度は「精神病者」なるグループをまるごと「隔離」し、「駆除」すべきだという、これまた優生学的な「イデオロギー」が頭をもたげる。

暴力行使とレッテル貼りが連動するということ――「ジェノサイド」に共通する特徴はそこにあるのだと思う。

ナチス・ドイツに特徴的だったのは、そうした優生学が反ユダヤ主義から障害者差別・精神病者差別に至るまでを幅広く覆い、その選ばれた場所として「絶滅収容所」なる殺戮施設が建設されたという点である。「殺される前にあらかじめ「害虫」のレッテルを貼られたひとびと」を名指すことに、ナチス・ドイツはとりわけ熱心だった。

しかし、ナチスの「強制収容所」の原型が、ドイツ領時代の南西アフリカ（さらにはボーア戦争の前線）まで遡りうるというのなら、「新世界征服や植民地支配がもたらした人種主義的な大量殺人」のなかに、すでに「殺害可能《キラブル》な人間」を定義づける「イデオロギー」が確実に胚胎されていて、現実に起こった「ジェノサイド」は、一定数の「手先《エイジェント》」を動員することで、歴史を動かす力へと「イデオロギー」が昇格された結果なのだ。

そう考えると、一九二三年九月、関東大震災のどさくさのなかで起こった「ジェノサイド」もまた、「三・一独立運動」を経験したことで高まりつつあった「朝鮮人恐怖」や、大逆事件やシベリア出兵を経て、市民のあいだに根づきつつあった「治安維持思想」といった「イデオロギー」の現実世界への「適用」に他ならなかった、ということになる。「イデオロギー」それ自体は、無害であっても、それを実力行使に結びつける「手先《エイジェント》」が現われたとき、それはそのまま「ジェノサイド」の装置として作動する。

私は世の中の殺人（を含む暴力一般）は、すべて何らかの「イデオロギー」の現実への「適用」だと思っている。であるから、その「手先」をいくら厳罰に処しても、「イデオロギー」は、たやすく生き延びるのだ。相模原の事件をふり返りながら、私たちがとことん考えるべきは、「障害者は生きている価値がない」などという「イデオロギー」の「手先《エイジェント》」となった一人の「人間」のことではなく、ちっぽけな「手先」を使って目的を達成しようとする「イデオロギー」そのものについてなのだ。「もぐら」だけ叩いていても、「もぐら叩き」は終わらない。

3

津久井やまゆり園で起きた殺傷事件については、雑誌『現代思想』が同二〇一六年の十月号で、いちはやく特集「相模原障害者殺傷事件」を組んだが、大学の同僚である立岩真也さん（一九六〇～　）は、同号を含め、同誌上に、事件についての文章をたびたび寄せられている。まずは九月号の時点で、事件後の社会風潮が「精神障害者への脅威」を強化する流れにいちはやく釘を刺そうとされたのが、立岩さんらしいと思った。『精神病院体制の終わり』（青土社、二〇一五）を書いた立岩さんであれば、「障害者殺し」の一件として同事件を分析する前に、まずは「精神障害者」を守るべきだと考えられて当然だった。

そして、その後、同誌十月号と十二月号に立岩さんが書かれた関連記事に、同じく十月号に「優生は誰を殺すのか」という一文を寄せられた杉田俊介さん（一九七五～　）の文章を加えた共著として、『相模原障害者殺傷事件――優生思想とヘイトクライム』（青土社、二〇一六）が緊急出版された。いちいち『現代思想』のバックナンバーを引っ張り出してこないで済むし、お二人の「討議　生の線引きを拒絶し、暴力に線を引く」が「第三部」に新しく加えられている。

そして、十二月号の原稿をもとにしたという立岩さんパートの「第三章」は、《第一章で、起こったことを精神医療の問題にすべきでないことを書いた。第二章で障害者殺しを巡ってこの国にあったこと忘れられたことについて書いた(4)》というふうに過去の文章をふり返った後、単に「障害者」や「精神障害者」といったくくりに縛られることなく、今日の社会そのものの問題点を整理する立岩さんならではの口ぶりが痛快だった。たとえば、《人が一ところに集まっていて一度に多くが殺傷された。もっとてんでに住めるようにするのがよい》（九四ページ）だとか。

世の中、マイノリティに限って「集住」する傾向があると同時に、マジョリティはマジョリティで、マイノリティを一か所に囲いこもうとする。マジョリティを伝染病患者から守るというのなら分からない理屈ではないのだが、いわゆる医療施設、保護施設、監治施設は、ひとを「一ところ」に集めて、それこそが「施策」だと思っているところがある。であればこそ、「精神病院の時代の終わり」は何度でも叫び続けなければならないことになるのだが、相模原のような事件があると、精神病者を「一ところに集め」ようという声が、かえって強まってしまう。

そもそも「ジェノサイド」とは何かという議論にあたって、「殺害」だけでなく「追放」と「改宗」という圧力がマイノリティに対してはたらくとき、それが「ジェノサイド＝民族浄化＝洗脳」の始まりなのだ。

植民地主義も、全体主義も、それらはどれも多種多様な「ジェノサイド」を試し、「ジェノサイド」に値する人びとの「レッテル張り」に熱心だった。

そして、それこそ「てんで」に住み、生活をしていた人びとが「一ところに集め」られ、そこに「ガス室」が設置されたのが、ナチスの絶滅収容所だった。

しかし、思えば「てんで」に暮らしていた人間を「学校」に呼び集めて国民教育を施し、さらに「軍隊」を構成するために男を、「娘子軍《じょうしぐん》」を編成するために女性をかき集めて、彼ら彼女らを戦場に送り出すということが、国家政策として推進されてしまったのが、日本の近代国家だった。兵士は、戦争の名の下で、敵国民を殺してもお咎めなしなのだが、逆に彼ら自身も殺されて文句は言えない。交戦国は敵国民を「殺害可能《キラブル》」とみなす代わりに、自分もまた「殺害可能」だと大声で相手に向かって叫んでいるようなものだ。そのような「殺害可能な人間たち」の「群れ」が次々に構成されていき、「てんで」に暮らすという人間の権利がみるみる危うくされて行った。

立岩さんは、はっきりとは書いておられないが、かならずしも精神傷害者が行為者にならなくても起こり得たかもしれない「障害者殺し」があそこまで「大量殺傷事件」になったのは、ひっそりと「人が一ところに集まって生きる」ということが「相互扶助の鉄則」であるかのように見えてしまっている現状に問題があると考えるべきなのかも知れない。

「もっとてんでに住めるようにするのがよい」――ここには、立岩さんの深い洞察がある。「障害者は生きている価値がない」などというイデオロギーがのさばっている世界で、「障害者が一ところに集まって生きる」という施設経営の在り方が正解であったのかどうか。

視覚障害者や聴覚障害者が、多くは普通に「孤住」できているように、すべての障害者が「てんで」に住めるようにして、それでも支援が行き届くようにするにはどうすればいいのか。

ハンセン病対策に顕著に示された「隔離」をことととする時代がかった「衛生学」との闘いは、そのまま「優生学」との闘いにもつながるはずである。

4

『相模原障害者殺傷事件』のなかで、共著者のひとりである杉田俊介さんは、立岩真也さんとは違って、同事件の容疑者、植松青年の《個人史的なこと》(二二四ページ)にもこだわろうとされている。植松青年が衆議院議長に宛てて書いた手紙を部分的に引きながら、障害者たちを殺戮することが「日本と世界の為」と言ってはばからない、そんな発話のなかに《吐き気のするような差別。テンプレートな悪意》(一二七ページ)を感じながら、杉田さんは、そうした《悪意がコピペされ、引用され、あちこちに拡散され》、そしてそんな彼が《じわじわと共感され、さらには英雄視すらされていく》（同前）日本の「空気」に恐ろしいものを感じている。その一見特異に見える《メンタリティ》（二〇五ページ）が、現代の若者の間に蔓延しているのではないかと危ぶまれるのである。それは「ヘイトスピーチ」に唱和する「ネトウヨ」たちのそれに近いかもしれないと彼は言う——《「朝鮮人殺せ」はもはや「障害者殺せ」と完全に地続きなのではないか》（二三一ページ）というのである。

私は、こうした「ジェノサイド」をさえ煽動し、そそのかすような「理屈」のことを「イデオロギー」と呼ぼうと考えているのだが、「イデオロギー」には、やたら饒舌な「喧伝家《スポークスマン》」もいれば、残忍な「手先《エイジェント》」もいる。「イデオロギー」はそうした人びとを次々にスカウトするものなのだ。

私は、植松青年は、そういった古手の「優生主義的障害者差別イデオロギー」にスカウトされ、動員された論客であり、かつ刺客だったと考えている。

杉田さんの言葉を借りるなら、《優生思想とは、狭義のイデオロギーのことではない。ナチスの障害者抹消や大量虐殺の話に限られるものでもない。優生的なものは（ダーウィンの進化論と同じく）、ありとあらゆる思想や政治的立場と自在に結びつきうる、人類の考え方のひとつの傾向のようなものである》（一三五ページ）というわけである。

「狭義」ではなく「広義」に「イデオロギー」をとらえるならば、すべての「ジェノサイド」は「イデオロギー」の「発露」であり（つまり「イデオロギー」を従えない「ジェノサイド」などない）、しかも恐ろしいことに、そうした「イデオロギー」は「ありとあらゆる思想や政治的立場と自在に結びつきうる」のだ。

いかなる政治信条を持とうと、「イデオロギー」と、その「発露」としての「ジェノサイド」と無縁な安全地帯に身を置くことは難しい。かりに「イデオロギー」の「喧伝」に関与するだけで、「暴力行使」に手を染めない者がいたとしても、「帰結」としての「ジェノサイド」に手を染める「実働部隊《エイジェント》」がいざあらわれると、そういった「論客」は、あられもなくその「行為者」に「共感」し、場合によっては「英雄視」（場合によっては「羨望」）しさえするのだ。

関東大震災の直後に被災地で発生した「ジェノサイド」（朝鮮人や中国人、無政府主義者が多数犠牲になった）のことには、杉田さんも文中に言及されている。

5

『相模原障害者殺傷事件』の「帯文」には《あらゆる生の線引きを拒絶する》とあるが、しかし、第三部の「討議　生の線引きを拒絶し、暴力に線を引く」のなかで、立岩さんはこうも語っておられる。《線を引くのは確かに暴力です。でも、暴力的にでも線を引かなくてはいけないこともあるのです。線を引かないと、ずるずるってなって、べろっと剥がれてしまうこともあるわけですから》(二三八ページ)と。《私の場合、出世前診断に賛成はしないけれど、禁止するというところまでは行かない、となります。私にとってみれば、ぎりぎりの境界が安楽死尊厳死で、これについては長いこと考え、法制化反対で行こうと思い、ものを言ってきました。〔中略〕でもやっぱり……、というかたちで折り返してきました》(二三七ページ)といったみずからの姿勢を踏まえた弁明なのだが、「あらゆる生の線引きを拒絶する」という理想は、それだけでは、現実的な妥協点が見えてこない可能性が大なのである。

そういえば、『ターミナルライフ』のなかで、私は『動物の解放』(一九七五)のピーター・シンガー(一九四六~)あたりをも視野に入れながら、J・M・クッツェー(一九四〇~)の『恥辱』(一九九九)を取り上げた。

「あらゆる生の線引きを拒絶する」というときに、ひとは「人間の命」に「線引き」を行うことへの「拒絶」を考えがちだが、それは逆に言えば、「人間と、人間以外の動物のあいだ」にはっきりとした線引きを行うことは不問に付す態度にもつながっていく。そうした人間中心主義は、一神教をはじめとする世界宗教の特徴のひとつでもある。

しかし、ピーター・シンガーのような形で「人間中心主義」に切りこむまでもなく、《人間は一方では動物をペットとして愛玩し、家族の一員のようにみなして、動物たちに人間と同じような愛情を注ぎ、医療を施すという「擬人法」的な接し方をあみだしたかと思えば、同じ人間に対してもまた、一部の動物に対してするように、相手を殺害可能《キラブル》な存在とみなして、衛生的・治安維持的な名目の下で駆除を施したり、彼らを対象に人体実験を試みたりということをやってのける「逆＝擬人法」を性懲りもなく行使する生き物》（前掲『ターミナルライフ』三二八ページ）なのだ。

要するに、「生の線引き」が、人間か、人間でないかという分断線を指すのなら、それは正真正銘の「人間中心主義」で、《この議論に被害者としての位置から自力で介入できる動物の存在は、いまのところ想定できない》以上、《この問題は〔中略〕人間が自力で解決していくしかない》（同前）と言っておけば済む。

ところが、「逆＝擬人法」の問題があるかぎり、動物と動物のあいだに線を引くように、人間と人間のあいだにも「生の線引き」がなされてしまい、それがまさに「ジェノサイド」という厄災につながっているのである。

ピーター・シンガーのように動物の殺害をさえ全面的に禁止しようと主張する立場が仮にあるとして、それに対して、多くの人間は、「でもやっぱり」という思いをもって、動物と動物のあいだの「生の線引き」を主張することになる。食用動物だけはとか、害虫・害獣だけは、と。

そして、それはまさに「人類愛」が叫ばれる人間世界のなかで「ジェノサイド」が容認されてしまうのと同じ、いかにも恣意的な「生の線引き」なのだ。せめて「線引き」が避けられないなら、「恣意的」でない、何らかの「合理性」を追求するするしかない。それが「倫理学」なるものに課された使命だろう。

まわり道ではあるが、「動物の解放」をまで視野に入れてはじめて、「すべての人間の解放」とは何かが見えてくる。私はそう考えている。

こんなことを日ごろ考えている私が『恥辱』をどう読んだかは、『ターミナルライフ』を読んでくださいと言うにとどめるが、たとえば「安楽死」について考えるときに、ペットたちの安楽死に従事する男女の性的関係を扱っているというだけで、『恥辱』は、いまや「古典的名著」だと思う。

ところで、二〇一〇年に日本で発生した口蹄疫の流行に際して、二八万頭近くの牛豚が「殺処分」された。

6

二〇〇二年、私はサンパウロに住んでいて、地下鉄(青線)に「アルメニア」という駅があるのに胸騒ぎを覚えたことがある。かつてソ連に属していたアルメニアからは、二〇世紀、多くの移民が吐き出されたと知ってはいたが、それがオスマン帝国末期に激しさを増した「アルメニア人虐殺」（オスマン帝国には、セルビア人、ブルガリア人、ギリシア人、アッシリア人など、数々のキリスト教徒が少数派として住みついていたが、第一次世界大戦のさなか、最も激しい攻撃対象になったのはアルメニア人だった）に端を発するものであったと知ったのは、恥ずかしながら、だいぶんあとになってからだった。

ひとつには、米国作家、ウィリアム・サローヤン（一九〇八〜八一）が、ビトリス（現在のトルコ東部）から一九〇五年に米国にやってきた父を持つアルメニア系だったと、ふと思い当たったこと。

最近のこととしては、慰安婦像が設置されたことで日本でも知られるロサンジェルス近郊のグレンデール市は、人口の四分の一近くをアルメニア系が占めていて、しかもアルメニア系は、一九一五年の「大虐殺」から五〇周年にあたった一九六五年以降、世界の各地に慰霊碑を建てる運動に積極的に関与していたと知ったこと。

しかし、バルカン史研究者の佐原徹哉さん（一九六三〜　）は、近年の研究成果を『中東民族問題の起源――オスマン帝国とアルメニア人』（白水社、二〇一四）にまとめられておられ、そこには、「ナチス第三帝国の国家的犯罪」としか呼びようのない、いわゆる「ホロコースト」とは異なる「もうひとつのホロコースト」（英国の旅行記作家は、第一次大戦勃発前にオスマン帝国におけるアルメニア人虐殺に「ホロコースト」という呼称を与えていたという[5]――）の形が生み出されていたことが書かれてている。

多民族・多宗教・多言語国家であったオスマン帝国にとって、ギリシア独立戦争が「宗教戦争」の様相を呈して以降、オスマン帝国自体が西欧に範をとった近代化（タンズィマート改革）を推し進めるようになり、「民族問題」が「発見」されていくのである。《キリスト教徒の権利が〔中略〕強化された》結果として《キリスト教徒の文化活動が活性化し》（三三ページ）、これに加わる形で《支配エリートとしてのムスリムの連帯意識》もまた《維持できなくなった。》（三四ページ）。もっぱら一九世紀末から第一次世界大戦後にかけての「アルメニア人虐殺」を扱いながらも、同書が「中東民族問題の起源」と題されているのは、「中東民族問題」なるものは、基本的に「オスマン帝国の崩壊」（＝西欧列強の地域政治・経済・軍事への介入）に起因するものだという認識がベースにあるからだ。

そういったなかで、「アルメニア人虐殺」を「ホロコースト」や「ジェノサイド」といった名前上の類推から「ナチス第三帝国」のそれに《なぞらえようとするあまり、史料的根拠に乏しい仮説を積み重ねたり、些末な事実を針小棒大に吹聴したりすることになり、歴史の実像から乖離》（三一ページ）することも少なくないようである。トルコ・ナショナリズムとアルメニア・ナショナリズムのあいだに「ジェノサイド論争」が生まれてしまうこと自体が、地域史全体のなかに位置づけられるべきことなのだろう。しかし、「アルメニア人虐殺」の事例を細かく見ていけば、かならずしも《軍隊や警察のような国家の暴力装置ではなく、民衆》（二八ページ）が主導することによってもまた「ジェノサイド」に匹敵する大惨事は起こりうるということが分かってくる。

そして、そもそもは《偶発的な暴動》でしかなかった事件に対して、「公権力」が《混乱の原因を理解でき》ないまま《不適切な指示を出し》、いつのまにか《偏見》が引き金を引いて《混乱の発生をアルメニア人の反乱だと誤認》（二五五ページ）するところへと、事態は一気に突き進んでしまうのだ。こうしてさまざまな「実働部隊《エイジェント》」が動員される形をとる「暴力の連鎖」が「大量虐殺」を成立させる。

7

クッツェーの第一作『たそがれの地』*Dusklands*（一九七四）は、くぼたのぞみさん（一九五〇〜　）の新訳（『ダスクランズ』人文書院、二〇一七）が出たことで再び手に取りやすくなった。スリーエーネットワークから出ていた赤岩隆訳（一九九四）は、『ダスクランド』と単数だったのが、こんどは複数形になったことで、「たそがれの地」が特定の地域でないことがはっきりした。ヴェトナム戦争が泥沼にはまっていった時期の米国と、アパルトヘイトに出口がみつからないでいた南アフリカ。

クッツェーは二〇〇三年のノーベル賞受賞作家だから、その作品はかなり多くの言葉に訳されているのだが、仏訳は『たそがれの地』*Terres de crépuscule*、スペイン語訳も『落日の地』*Tierras del poniente*（poniente は英語の setting sun に相当）であるように、dusk を「落日」や「斜陽」、さらには「方位としての西」と訳すのが望ましいと思っていたのだが、まあ、そこは読者が英語のニュアンスを介して、しかも、くぼたさんが、前半部分「ヴェトナム計画」の語り手が「ドーン」Dawn（＝明け方）だという事実について「解説」のなかで注意を喚起してくださってもいるので[6]、クッツェーのユーモアは過不足なく伝わるだろう。

何にせよ、《『たそがれの地《ダスクランズ》』がオズヴァルト・シュペングラーの『西洋の没落』にもとづく一種のパロディーだというのは定説》（同前）なのだそうで、たしかに『西洋の没落』*The Decline of the West*（一九一八、英語版は一九二六）も、ドイツ語タイトル（*Der Untergang des Abendlandes*）を逐語訳すれば『夕べの地の没落』（！）となる。

ただ、この「たそがれの地」の捉え方としては、ロシア語訳の『暗い大地』*Сумеречная земля* や韓国語訳の『暗い土地』어둠의 땅のように、「土地」が単数で処理されているばかりか、「暗さ」や「闇」といったイメージが前面に出て、いままさに「落日」の時を迎えようとしているという時間感覚が抜け落ちてしまっているケースもある。

クッツェーという男性作家（敢えて「男性」を強調したい）は、男性の性懲りもない征服者性に対する告発を、文明による未開の征服、文明化の名を借りた「ジェノサイド」的な暴力行使に対する告発と抱き合わせにしながら、まさにそうした男性中心主義や西洋中心主義に、どうやって「ケリをつける」のかを問い続ける作家だと思うので、この小説のなかで、一九七〇年初頭に米国で「ヴェトナム計画」の作成のために雇われた男性の性欲や性癖、二百年ほど前の南西アフリカにおける開拓者の暴力性や嗜虐性が過剰なまでに強調されているのは、まさにクッツェーの原点とみなすにふさわしいのだと思う。

しかし、私はそういった「＊＊中心主義」の「斜陽」や「落日」の時代を、いかにして肯定するのかという問い、そして、この「斜陽」や「落日」を追うようにしてやってくる世界が、単純な「闇」などではないはずだという確信がクッツェーにはあるように思えてならない。

それは単純に「夜」のあいだに培われたものが「夜明け」を準備するというようなオプティミズムではないはずだが、《ヴェトナム戦争期の米国と、植民地期の南部アフリカ》を舞台に据えて《暴力の甘美と地獄を描く》この作品から、《男たちは未来永劫、この闇を抱え続けるのか》（くぼた訳の「帯文」より）というコピーを導き出すのは、チママンダ・ンゴーズィ・アディーチェ（一九七七〜　）の『男も女もみんなフェミニストでなきゃ』（二〇一四：河出書房新社、二〇一七）の訳者でもあるくぼたさんならではの「ひねり《バイアス》」かもしれない。

男性中心主義や西洋中心主義との闘いは、男性の側、女性の側、ＬＧＢＴＱの側、さらには帝国主義の遺産にしがみついている側、その蹂躙に耐えた記憶からなかなか自由になれないでいる側の「共働」を通してしか実現しないだろう。

私たちは、「闇を手放す」ことなどできない。むしろ「没落する太陽」を前にして、いかにして男性中心主義や西洋中心主義といった「太陽（的な物）」を葬り去れるのかを考えなければならないのだ。そのときは必ずしも「新たな太陽」を必要とするような「朝」である必要はない。「夜は夜」のままに、「闇」が「克服すべき何か」であるというような妄執」を断つことこそが、望ましい世界の到来なのかもしれない。

いま太陽は確実に「沈みかけている」が、完全に沈むまでには、まだまだ途方もない時間がかかるだろう。

ただ、「太陽の沈まない帝国」the empire on which the sun never sets/ el imperio en el que nunca se pone el sol などというものが存在し得るとは、まちがっても考えてはならない。それこそが「＊＊中心主義」が生み出した危険な帝国主義イデオロギーなのだから。

ヒエロニムス・ボッシュ（一四五〇頃～一五一六）の絵ではないけれど、「たそがれ」の風景を嬉々として描き出してしまう「男」というものを、正視しろとクッツェーは叫び続ける――

ほかのあらゆるものとおなじように、彼らはわれわれの前で萎れていった。だから彼らを火の海に浸けて奇跡が起きるのを祈った。炎のまっただなかでその肉体は神々しい光を発し、彼らの声はわれわれの耳のなかで鳴り響いた。だが火が消えると残ったのは灰だけだった。水路に彼らをならべた。もし彼らが銃弾をくぐり抜け、歌いながらこっちへ歩いてきたなら、われわれはひざまずいてあがめたことだろう。ところが銃弾は彼らをなぎ倒し、危惧したとおりに彼らは死んでしまった。だから、われわれは彼らの肉を切り開き、瀕死の身体に手を伸ばしてその肝臓を引きちぎり、その血でこの身が浄められることを願った。しかし彼らは金切り声をあげて、われわれが妄想するもっともくだらない幻影のようにかき消えてしまった。彼らの女たちの内部にこれまでにないほど深く、さらに深く、われわれ自身を突き込んだ。ところが気がついてみると、われわれはいまだに一人ぼっちで、女たちは石のようだ。

（三六ページ）

帝国主義戦争の現実と妄想。それはオブセッションのように人間（とくに男）の脳裏にこびりついている。こうした歴史的な時間を、太陽の運行になぞらえて「たそがれ」

「斜陽」「落日」と呼ぶ知恵が人間にはある。この知恵は大切にしなければならない。

いつかワシーリー・グロスマン（一九〇五～六四）の『万物は流転する』（一九七〇）を読みながら、《犠牲者を人間とは見ないことで自分自身が人間でなくなるのです。自分自身の中で人間を死刑にする、すなわち自分自身の死刑執行人になるのです[7]》という言葉に胸を打たれ、そこでまっさきに思ったのは、『動物のいのち』（一九九九）におけるクッツェーの次の言葉だった――《同じ人間〔中略〕を、動物のように扱うことで、彼ら自身が獣になっていった[8]。》

この地球から戦争を消すということは、すべての「ジェノサイド」を、その温床である各種イデオロギーを一掃することだ。その「一掃」に向けた動きは、とっくの昔に始まっているが、いまだ出口が見えない。クッツェーを読むたびに思うのはこのことだ。

8

オランダ系のアフリカーナーの家系に生まれ、英語ではなく、アンドレ・ブリンク（一九三五～二〇一五）のようにアフリカーンス語で書くことができたかもしれないクッツェーが、オランダ語やアフリカーンス語で書かれた冒険ものの英訳という、まわりくどい仕掛けをこしらえながら、いきなり英語作家として登場した、まさに記念碑的な作品が、『たそがれの地《ダスクランズ》』だ。

クッツェーは、後に『ホワイト・ライティング』（一九八八）というポストコロニアル批評とも言うべき著書をあらわしているほどだから、いまだポストコロニアル批評はもちろんのこと、フェミニズムなる批評手法も世の中には存在しなかった二〇〇〇年も昔の「白人」たちの書きものに溢れかえるハラハラするほどの不用意さを、クッツェーは、現代文学として露悪的に再現するという実験を、そこで試みたということになるのだろう。

たとえば、《退屈は、ホッテントットが体験することのない感情、より高等な人間であるしるしなのだ》（一四三ページ）などという西洋中心主義そのものとも言うべき言葉に触れながら、うっかり罠にハマてって、その語り手にみずからを重ねてしまう文明国の読者は少なくないはずだ。まさに、クッツェーは罠を仕掛けているのである。

辺境を開拓するたいていの男たちはブッシュマンの娘と寝たことがある。仲間うちのオランダ人の娘では満足できなくなるといえるかもな。オランダ人の娘には背後に資産というオーラがまとわりついてくる。彼女たちはなんといってもまず財産だ。何ポンドもの白い肉を持参するだけでなく、広大な土地と、何頭もの牛と、大勢の召使を引き連れて、背後には群れなす父親と母親に兄弟姉妹までひかえている。となるとあんたの自由はなくなる。その娘と関係をもつことで、入り組んだ資産の網の目に囚われてしまう。ところが野生のブッシュマンの娘なら、しがらみはなにもない、文字どおり皆無だ。生きてはいるが死んだも同然。自分にとって権威の象徴だった男たちをあんたが殺したのを見てきたし、男たちが犬のように撃ち殺されるのも見てきた。いまやあんたは「権力」そのものになり、女はボロクズ同然、あんたの汚れを拭って捨てる布切れにすぎない。まったくの使い捨てで、おまけに無料とくる。足をばたつかせて叫ぶことはできても自分は負けだと知っている。（一〇二〜三ページ）

もっともっと長く引きたいくらい、植民地主義的な男根中心主義そのものというような身勝手な植民者（＝征服者）の言いぐさが、箍が外れたように書きつけらている。

魂を引き渡してしまったからっぽの女に、あんたの意思がどんどん流し込まれる。娘の反応はあんたの意思に絶対的に合致する。娘はあんたが自分の欲望のために生み出した究極の愛人で、それが異なる肉体のなかに遊離して、身じろぎもせずにあんたの快楽を待っているんだから。（一〇三ページ）

植民者男性の圧倒的支配力の下で、現地人男性は「去勢」され、女性たちは「しがらみもなにもない」、都合の良い性的な道具として、身勝手に消費される。

どれだけの植民地、どれだけの戦場、どれだけの「辺境」で、このような暴力が全開にされ、その結果として、どれだけ多くの「混血児」が生み落とされ、あるいは流されてきたことか。

この物語の主人公（＝ヤコブス・クッツェー）が、作家・クッツェーの遠い先祖であったとして、作家自身は「ブッシュマン」（＝南アからナミビアにかけて住むサン人を指した古い呼称）の「娘」の血を引いたわけではなく（要するに「カラード」ではなく）、「オランダ人の娘」とのあいだの無味乾燥な性行為の結果として生まれた「ホワイト」だということなのだろうが、まさにそんな「白人男性」のなかに受け継がれた「身勝手な論理」が、現在にまで生き延びているのではないかと、男ならば誰でも身につまされるだろう問いを突き付けるようにして、この小説は書かれている。

「男たちは未来永劫、この闇を抱え続けるのか」という問いの由来を私なりに敷衍すれば、そういうことになる。

この十年ばかり、慰安婦問題や戦時性暴力について考えることの多かった私には、決して避けては通れない作品のひとつが、この『ダスクランズ』だった。

いまだヴェトナム戦争の停戦（米国の敗戦）までは間のある一九七〇年代初頭。

「ヤコブス・クッツェーの悪びれなさ」は、まだまだ大手をふっていた。それこそ「ヴェトナム計画」と題された『たそがれの地』の前半部分には、《一枚》の写真の話が出てくる。

そこには身長六フィート二インチ、体重二二〇ポンドのクリフォード・ローマンが写っている。かつてヒューストン大学でラインバッカーをやっていた男がいまは第一空挺部隊の軍曹になり、そいつがヴェトナム人の女と性交している。小柄で痩せた女だ。子供かも知れない。（二八ページ）

まだまだ続くのだが、植民地主義（戦争）、帝国主義（戦争）の歴史は、無数のレイプを、煽情的なポルノグラフィーとして消費してきた男たちの恥ずべき営みを副産物として生み出してきた。

9

二〇一八年の夏は、七月六日と同二六日の二日に分けて、オウム真理教関係死刑囚、計十三名の死刑が実行された。何だか日本の夏は、八月一五日の「終戦記念日」もさることながら、一九二三年九月一日の関東大震災に乗じた朝鮮人虐殺まで含めて、「ジェノサイド」についてふり返ることをわれわれに仕向ける運命の季節のように思える。

そして、今年もまた九月がやって来るが、この夏は、坂手洋二さん（一九六二〜 ）が主宰する劇団・燐光群が、東京・下北沢の「ザ・スズナリ」で、加藤直樹さん（一九六七〜 ）の『九月、東京の路上で――一九二三年関東大震災、ジェノサイドの残響』（ころから、二〇一四）を舞台化した（坂手洋二・作／演出）という。

残念ながらかけつけることはできなかったものの、せめて、ということで、オリジナルの『九月、東京の路上で』をじっくり読むことにした。

一九二三年九月の驚くべき経緯に関しては、日本人自警団によるリンチが横行したこと、そして甘粕事件、その二つが比較的知られているのだが、同書のまとめによれば、それはきわめて複合的なものであったようだ――《関東大震災時の朝鮮人虐殺は、普通の人々の間に根ざした差別意識に始まり、避難民の群れを見て真っ先に暴動の心配をするような治安優先の発想（と庶民以上の差別意識）をもつ行政が拡大させ、さらにこれに、朝鮮やシベリアで弾圧やゲリラ戦を戦ってきた軍が「軍事の論理」を加えることで、一層深刻化したということが言えそうである》[9]。名もない庶民から、警察や軍人に至るまでが、それぞれの役目を果たそうとするかのように「実働部隊《エイジェント》」となり、その背後に、「流言飛語」の拡散に関与した無数の人びとが「喧伝家《スポークスマン》」の役割を果たした。

そして、「実行犯」のなかには、大杉栄・伊藤野枝、およびその甥（＝橘宗一）という三名の殺害容疑で軍法裁判にかけられた甘粕正彦（一八九一〜一九四五）もいれば、《九月二日午後八時頃、北多摩郡千歳村烏山》で、《十五名の鮮人に重軽傷を負わせ》た《加害者の警戒団に対して》のように《大々的な取調べ》が行われて（四六〜七ページ）、《十二人が〔中略〕が殺人罪で起訴され〔中略〕、そのなかには大学で英語学を教える教授もいた》（四八ページ）というような事例まであったようだ（最終的な判決内容は不明）。

しかし、何らかの「殺人罪」に問われたのは、これら、あくまでも一部にすぎず、それはまさに「戦場的な無秩序」（＝「軍事の論理」）が、一般市民をまで「暴徒」たらしめて、ほとんどがうやむやのまま放置されたのだ。

日清・日露、そしてシベリア出兵の「戦地」において、日常と化していったことが、一九一九年三月の植民地朝鮮で同じく日常と化し、さらに一九二三年九月には、日本の首都圏においてもまた日常と化した。そして、そうした非常事態のなかの日常は、日中戦争や太平洋戦争の戦地・占領地（沖縄を含む）でもまた日常となってくり返された。

そうした長い歴史のなかで、「不逞鮮人」という神話が、急速に肥大していった時代に、その神話の増殖を一気に加速させたのが、関東大震災だった。

そして、そこにできあがった「不逞鮮人神話」は、日本の敗戦後、「祖国の解放」の喜びに酔い痴れるかに見えたかもしれない韓国＝朝鮮人に対する「敵愾心」を介して、いっそう「反共イデオロギー」と結びつき、いよいよ強化されて今日に至っていると言えるのかもしれない。

10

『戦後日本を読みかえる――第五巻・東アジアの中の戦後日本』（坪井秀人編、臨川書店、二〇一八）には、堀田善衛（一九一八～九八）の『時間』（新潮社、一九五五）の中国語訳を完成されたばかりだという北京外国語大学の秦剛さん（一九六八～　）の「堀田善衛『時間』が問いかけたこと――戦後日本の戦争責任論の座標から」という論文が収められている。とても刺激的な論考だ。

そのなかで、秦さんは、一九五三年の『文学界』（文藝春秋）七月号に掲載された武田泰淳（一九一二～七六）との対談「現代について」において、堀田が《昭和天皇の詔勅が「日本イデオロギーのために、たくさんの犠牲者が、異民族の間に出」たことに対して「ぜんぜん知らん顔」している無責任ぶりへの憤り》が『時間』の執筆の動機としてあったと発言している点を重視している。(10)

「日本イデオロギー」――それは、いわゆる「國體思想」のようなものだろうが、先に取り上げた「不逞鮮人神話」をはじめ、「アジアの民衆」（そこには日本国臣民も含まれた）

のなかに「不逞なる輩」を見出しては、それらを「斬り捨て御免」とみなす「治安維持の思想」はその重要な一部である。南京での虐殺を可能にしたのも、そうした「斬り捨て御免」の思想を日本兵全般が脳裏にすりこまれて戦場に来ていたからであって、彼ら一人一人はまさに近代日本に培われた「日本イデオロギー」の「実働部隊《エイジェント》」だった。そして、銃後の内地でもまたそれを後押しする、老いも若きも「論客」たちが「思想喧伝」に勤しんでいた。それが当時の時代状況だ。

私は、堀田が「戦争責任」なるものに関していかなる考えを抱いていたのかにはさしあたり関心がない。天皇であれ、首相であれが、《あの戦争には何ら関わりのない、私たちの子や孫、そしてその先の世代の子どもたちに、謝罪を続ける宿命を背負わせてはなりません》(二〇一五年八月一四日の内閣総理大臣談話)というような大それた下心をもって、いくら「謝罪」の真似事を試みたとしても、そんな「責任」の果たし方で「日本イデオロギー」が解除できるものだとは思わない。堀田もそうは思っていなかったと思う。

日本の戦争責任(日本軍慰安所制度に対する責任も含む)に対して、私たちは気の遠くなるような長い「時間」を視野に入れながら、それを支えたイデオロギーの死滅が確認できるようになるまで、辛抱強く監視を続けるしかないはずである。

そこには軍国主義イデオロギーばかりではなく、兵士や軍属(男性の動員)と看護婦や慰安婦（女性の動員）の間に差を設けた家父長制イデオロギーも当然含まれるが、われわれが少しでも気を抜けば、忌まわしい過去はふたたび再現されるだろう。

秦さんは言う――《堀田は〔中略〕他民族の犠牲者に対しての、日本国民を主体とする集団的な加害責任の所在を提起した》（同前）のだと。

もちろん、「日本国民を主体とする集団」が「加害責任」を果たせるとしても、それは「日本イデオロギー」を葬り去ることができた遠い未来のことであり、『時間』を書き上げたからといって、堀田はそこですでに「責任」を果たし終えていたわけではない。彼はまさに「責任の所在を提起」しただけなのだ。

ナチス・ドイツの蛮行を支えた人種主義であれ、そこからさらに数百年を遡ることができる奴隷制であれ、イデオロギーとしてのそれらはいまだ形を変えつつ生き延びているわけだし、だれかが「責任を果たした」かのように見える瞬間があったとしても、それは「みせかけ」でしかない。

ともあれ、私たちが堀田の「提起」に対して真剣に応じることを怠ってきたあいだに、「日本イデオロギー」の喧伝は、喧しさを増してきている。

一部の知識人がいくら「正論」っぽいことを叫んでみせたところで、それは知識人のアリバイ作りに終わる危険がある。

堀田の『時間』は、これからも読み継がれるべき一冊だが、その場しのぎの「モグラたたき」に活路を見出そうとするのではない「希望」のあたため方をそこからは学びたい。

決定的な救いの日などありえないということ、そのこと自体がわれわれに希望を生み出させる、その源泉ではないか。労働の日々があるだけだということを信頼できなかったら、自殺するよりほかに法はない。日々があるだけだ、それを働いてゆくのだということは、しかし、反面、なにか洋々たるものを感じさせないか。(11)

『時間』を読みながら、「日本イデオロギー」に加担した日本人たちの愚かさを目に焼きつけるとともに、「日本イデオロギー」との闘いを強いられた中国知識人(＝陳英諦)の苦悩にもまた思いを馳せること。『時間』の中国語訳が出まわるようになったことで、その「苦悩」に身をゆだねる仲間は、さらに増えていくことになるだろう。

たとえば、作中の「日記」の著者が導き出した、桐野大尉を前にした人間観察に基づく次の結論は、多くの読者の気持ちを沈みこませるにちがいないのだ。

彼は話しているうちに、目の前で崩壊してゆく。ウイスキーの瓶に手をのばす。

奴僕《ボーイ》としてのわたしがサーヴィスしようとする。彼は主人であることに堪えない。疾しさを感じる。教授に堪えず、将校であるに堪えず、孤独に堪え得ない。ぴくりと身を引こうとする。身を引いて、隅っこに追い詰められ――暴発する。これが危険なのだ。逃亡と暴発、これが南京暴行の潜在的理由ではないだろうか。いま中国にあって、彼は自分が日本人であるという当然事にさえ苦しむ。中国侵略は、彼等にとっては、心理的には、こうした、一種の日本脱出の夢の実現だったのではないか。がしかし、どこにいようとも、日本人であることをやめることは、出来ない。

（二四五ページ）

「日本人であることをやめることの出来ない日本人」とは、要するに、何であれ、「＊＊イデオロギー」の完全なる奴隷だということなのだろう。

11

ところで、ノーベル賞の受賞（二〇〇三）以降に書き溜められたJ・M・クッツェーの中短篇を集めたコレクションが『モラルの話』(12)（くぼたのぞみ訳、人文書院、二〇一八）として刊行された。

「あらゆる生の線引きを拒絶する」という姿勢が、「生の線引き」に明け暮れてきた人類の歴史を反面教師としながら、「新しいモラル」を構想しようとする私たちにとって、まずは共有すべきそれであることは確かだろう。

しかし、そのときに、人間以外の動物の間に「益虫・益獣」と「害虫・害獣」の区分を設けることで、動物たちを飼い慣らしてきた流儀に倣って、人間のなかにも「生の線引き」を良しとした優生主義的な思考や、人間と人間以外の動物のあいだに「線引き」をすることが当たり前だと考えてきた一神教に基礎を置く西洋世界が示す指導的な位置といった問題は避けて通れない。

そんななか、クッツェーは、『鉄の時代』(一九九〇)や『恥辱』――いや『たそがれ《ダスクラ》の地《ンズ》』まで遡れるのかもしれないが――において、すでに重要な主題として浮上してきていた「擬人法」の問題を、『エリザベス・コステロ』(二〇〇三)以降は、老い行く女性の思いめぐらす「生と死」をめぐる問いと絡めながら、描く方向で歩みを進めるようになった。今回の『モラルの話』は、まさにこの系列に属するものなのだが、この問題を考えるときに、クッツェーが女性を前面に押し出すのは、なんだろうかと、つねづね考えていたことへの答えがひとまず出たような気がした。

「産む性」としての女性は、男性よりもはるかに「避妊」や「産んだ子のジェンダー」(その性別によって想像される未来が違ってくるという社会的に構築されたジェンダーの問題)に思いをめぐらせることが多い。であればこそ、スペインの田舎で老後を送りながら、野良猫を餌付けしている「老女と猫たち」の「老女」に《避妊手術を受けさせるってのもありじゃないかな》（八二ページ）と言う息子に対して、その母は、《子供の数が多すぎるなんてことはないのよ〔中略〕わたしはもっと子供が欲しかった》（八七ページ）と言い返す（彼女には、上の息子以外に、もう一人の娘がいる）。

しかも、彼女が猫に餌付けを始めた理由はこうだった——《ある日、散歩の途中で、排水溝に猫が一匹いるのを見つけた。仔を産んでいる最中だった。逃げることができないので、その猫はわたしをにらみつけ、歯を剥いて唸った。かわいそうに、半分餓死状態の生き物が、不潔きわまりない、じくじくした場所で、仔を産もうとしている、仔猫たちを守るためには自分の生命《いのち》さえ投げうつ覚悟で。**わたしも母親なの**、と猫に言いたかった。でも、もちろん猫には理解できない。理解したいとも思わないはず。》（八四〜八五ページ）

同じ状況で、自分が猫の母親に向かって「おれも父親なんだ」と言って近づけるかと言えば、それはなかなか想像しづらい。

クッツェーの小説のなかの女は、ふつう想像される以上に「母性」が強いように思われる。しかし、クッツェーは、それを一人の息子として「母性神話」にしがみつくためというよりは、むしろ、これまで「母性神話」と思われてきたものを「モラル」として、人類一般のうちに引き取ろうとしているもののように思う。

「老女と猫たち」の「老女」は、猫に餌付けをするのみでなく、「パブロ」という名の知的障害のある男をも飼っていて、社会福祉局の職員が連れて行こうとするのを《置いていってくれるなら、わたしが面倒を見る》(七六ページ)と言って引き取ったのだ。息子でも夫でもない男が、母親の家に居候しているのが、実の息子には目障りなのだが、年はとっていても母親はれっきとした人格を持っている。だから余計な口出しはできない。すると、とつぜん、母はこんなことを《あっけらかん》と言う――《彼とセックスするのってどんなだろ。》(九四ページ)

いったい、この「老女」にとって、猫たちとパブロ、動物と人間のあいだの「線引き」って何なのだろう? みずからに犠牲を強いて、「奉仕」に身を投げ出す「老女」の生きがいとは。

他方で、人間が動物に対しておこなう大量殺人(屠畜や安楽死など)の問題にも踏み込もうとしているのがクッツェーだが、ともかく「ケア」というもうひとつの切り口が「生の線引き」をめぐる思考のなかでは重要な主題だということを今回、あらためて思い知らされた。

そして、若いころに読んだ津島佑子さんの「伏姫」(『逢魔物語』講談社、一九八四)を思い出した。子どもとペットを飼いながら、年上の男に愛玩される女の話だ。

12

戦後の日本を代表する女性作家のひとりとしての津島佑子さんの文学のなかでは、男の性的パートナーであったご自身の女性性や娘を持った母としての女性性もさることながら、一歳で父（＝太宰治）を亡くした（と言われ続けてきた）娘としての女性性、十二歳で失ったという兄（＝ダウン症を背負っていた）の妹としての女性性、そして三十八歳のときに九歳で失った息子の母としての女性性が、明らかに前景化されているような気がする。そして、「絶筆」とも言える『狩りの時代』（文藝春秋、二〇一六）は、「十二歳で失ったという兄」を取り巻く家族の群像を、その母や妹の眼を強く意識しながら、しかも若くしてその父にもまた（太宰のように）急死（《戦後のバラックがまだ残されている東京の飲み屋街で、酔っぱらい同士のケンカを見かけ〔中略〕その仲裁をしようとして、かえって殴られるだけ殴られ、命まで落とし》――九八ページ）されてしまった母子の物語でもある。

この「遺作」の発見に関わられた娘の津島香以さんによれば、《「差別の話になったわ。」／母がそう言ったのは二〇一五年の暮れ》だったとのことで、同年の《夏前から新作に取り掛かっていた》(13)ということらしい。

それは、「ダウン症の子」にまつわる周囲の人間の心ない「差別感」を、その土壌から徹底的に掘り起こそうとした大作で、もし津島さんが二〇一六年の夏までご存命で、「津久井やまゆり園」の障害者殺傷事件の報道に遭遇されたら何を感じられたことだろうかと、思わずにはいられない。同作の発行日は、二〇一六年八月五日になっているから、七月二六日の犯行当日にはもう本は刷り上がっていただろう。

しかし、まさに「障害者差別のイデオロギー」をこそ問おうとした津島さんのことだから、同事件の加害者の罪だけを問うて終わろうとはされなかっただろう。このことだけは確信できる。

『狩りの時代』とは、まさに「障害者」や「ホームレス」や「ユダヤ人」、さらには「朝鮮人」をさえ「狩り」に対象として据えようとする広義の「人種主義＝レイシズム」を念頭に置いたネーミングだと思うが、「フテ……」ではじまるキイワードが、ナチスが攻撃目標に据えた「不適格者」の「フテ……」だけでなく、「不逞鮮人」の「フテ…」をも念頭に置くものだろうと感じたのは私だけではあるまい。

学校から検便用の《容器》をもらって帰ってきた少女（＝絵美子）は、ダウン症を背負う兄（＝耕一郎）が《大喜びする》だろうと確信し、《その作業を〔中略〕見せてやりたい》と何とも無邪気に思うのだが、母に見つかり、《それって、遊びとは違うでしょ。こうちゃんがそんなことを真似したら困るのよ》（五七ページ）と叱られてしまう。

母でさえこんな調子なのだから、耕一郎の叔父たちが次のような世間話にうつつを抜かしたとしても、異常なことと言えない――《ヒトラーはユダヤ人だけではなく、障害者や老人まで社会的に有用でないとの理由で、殺していったっていうんだから。こうなると、ヒトラーはひとりの人間ではなくて、人間に潜在するあらゆる悪を集約させた記号に思えてくるね。おそろしいのは、どの悪にしても、だれしもどこか身におぼえがあると思い知らされることだよ。信じられない幸運に見舞われてうれしそうにしているだれかを殺したくなるのも、手がかかるだけでなんの役にも立たないだれかを殺したくなるのも、結局のところ、人間の本音なのかもしれないって、ちらっと感じさせられるから、ぞっとする。……えーと、すみません、勝手なことをしゃべり散らかして》。

そして、そこからいきなり《それでこうちゃんですが》（一〇七～八ページ）というふうに、耕一郎の話になるのだ。

そして、挙句の果てには、名前も知らない町内の大人がこんなことを話している。《路地の入り口の中華料理屋が火事で燃えた》、その《翌朝、ご飯を食べてから、母もいっしょに、中華料理屋を見にいった》のだが、それは《近くの大きな寺で火事があり、五重塔が焼け落ち》てから、さほど経ってはいなかったのだが、それこそ「ヘイトスピーチ」さながらの言葉が飛び出してきてしまっている――《あの子たち〔＝耕一郎と絵美子のことだ〕、このあいだ、五重の塔の焼け跡をわざわざ見にいったんですってよ。女の子が学校で借りてきた原爆の焼け野原の写真集もうれしそうに持ち歩いていたって。裏の家の子どもたちにも得意そうに見せていたらしい。あの子たちなら、やりかねないね。だから、もっと気をつけないといけないって言ってたのに。でもあの子たちだという証拠はない。警察もそんなことは言ってない。まあ、あの子たちじゃないんだろう。従業員の失火だと聞いてるよ。そうさ、やたらなことを言うもんじゃない。》（五九～六〇ページ）

「すみません、勝手なことをしゃべり散らかして」だの、「やたらなことを言うもんじゃない」と自戒はしつつも、人間は「やたらなこと」を平気で口にしてしまうのだ。

そして、絵美子もまた、たとえば米国から帰国した伯父一家から《えみちゃんももし、日本以外の世界を知ることができたら、それはわるいことじゃないんじゃないかな》と言われ、うっかりこんな本音っぽいことを口走ってしまう——《わたしもそういうの好きです。子どものころ、いつもわたしにはこうちゃんがいたから、変な眼で見られることが多かったんです。とても息苦しかった。だから、息が楽にできるところに行きたくなります。》（二一四ページ）

こうして、自分自身（の分身）をもぐいぐい追い詰めていき、決して「安全地帯」に身を置くことを許さなかったのが津島佑子さんだった。

13

私は二〇一八年度春学期の大学院の講義では、「イデオロギー」をキイワードにしながらポスト構造主義について整理するという課題に取り組んだ。

そのなかでは、「主体《シュジェ》」とは、人間に対して「臣下《シュジェ》であれ」と呼びかけてくる「主体化《アシュティスマン》」のもたらす効果にすぎないとか、人間の欲望は「他者の欲望」であるとか、「私たちの各自が物事の起こる交叉点のようなものだ」だとかを、ルイ・アルチュセール（一九一八〜九〇）やミシェル・フーコー（一九二六〜八四）、ジャック・ラカン（一九〇一〜八一）やクロード・レヴィ＝ストロース（一九〇八〜二〇〇九）らの名前を呼び覚ましながら授業を進めたのだが、初回の授業では、一九七〇年代に私が「構造主義」なるものの射程の大きさを思い知らされた、作家ヴィトルド・ゴンブローヴィチの文章を受講生と共有した。

私は誰よりも前から構造主義者だった（ヴィトルド・ゴンブローヴィチ）

■ところで、ゴンブローヴィチさん、あなたはもう三〇年も前からずっと自分のことを構造主義者だと考えてこられたとか？

WG：すくなくとも『フェルディドゥルケ』以降はそうだね。とはいっても芸術家であろうとしている人間は哲学者でも社会学者でもない、そこは忘れないでもらいたい。芸術なるものの気まぐれで波状的な探究と、ディシプリンの上に成り立っている思考がもたらすものを比較できるための共通の足場をどこに設ければいいのか？ 共通の指標があるとして、それは人間を見るときの、見方そのものということになるのではないだろうか？ ベートーベンの音楽とカント哲学はまるっきりの別物だが、「ベートーベン的人間」と「カント的人間」は、かなり近い存在として存在する。プラトンの人間をバルザックの人間と、ドストイェフスキイの人間を実証主義者の人間と、ゴヤの人間をショーペンハウアーの人間と比較することは可能なんだ。

今日の構造主義とはこういったものだと思う。人間です。構造主義が主張するような人間観は、言わせてもらえば、戦争前から私の目の前にあった。私は小説のなかで、そういった人間にピルエットを踊らせていたんだよ！ そればかりか、『日記』や各種の「序文」のなかで、それにしょぼい注釈まで付け加えていた。

■おお、なるほど。

WG：信じられない？　それはそうだろうな！　でもご覧なさい。私は『日記』（一九五七）にこう書いている——《思うに、人間というものは、一に、形式によって加工＝創造され、二に、形式の創造者であり、形式のあくことなき生産者である》とね。この「形式」を「構造」に置き換えたらどうなる？

じつは、おとといだったか、パンゴーの本を読んでいたら、構造主義においては《人はもはや動かず、動か（さ）れるし、人はもはや話さず、話さ（せら）れる》On n'agit plus, on est agi, on ne parle plus, on est parlé と書いてあったのだけれど、これは私が書いた戯曲『結婚』（一九四七）に出てくる主人公のセリフ、そのものなんだ——《（言葉は／言葉とひそやかにかげでこそこそ手を結び）われわれが口にするしないのさわぎどころか、言葉のほうが反対にこっちを口にしている始末[14]》to nie my mówimy słowa, lecz słowa nas mówią。これは偶然の一致ではないよね。私の書くものはそもそもこの形式のドラマのなかに根を下ろしているんだ。人間と形式のあいだの葛藤、これが私の基本的なテーマなんだから。[15]

ここでゴンブローヴィチが、フランスの作家、ベルナール・パンゴー（一九二三～二〇二〇）の言葉として引いている「人はもはや動かず、動か（さ）れるし、人はもはや話さず、話さ（せら）れる」という一節は、フランス語を習い始めてからまだ三年目でしかなかった私には何とも衝撃的なフランス語だった。

何より、私たちは「自分の行動」「自分の言葉」など持っているのだろうかという問いかけは、「我思う、故に我在り」（Je pense, donc je suis; Cogito ergo sum）を自明の理として受け止めながら大学生になった私の頭を、がらがらぽんするだけの衝撃力を持っていた。私がその後、ポーランド語を習うようになり、ポーランド文学者として出発することになった背景には、この一節との出会いがあったと、いまは思う。

私がこのところ「イデオロギー」との関係のなかでは「主体」ではなく「手先＝実働部隊」agent や「発言者＝喧伝家」spokesman といった概念を用いて考えるべきだと主張しているのは、まさに私たちは「パラダイムの構造」のなかでしか、行動も発話も不可能で、「人は動かされ、話させられる」というところを基点にして、それでも宿命論には陥らないようにする工夫を凝らす以外に道はないと考えるからだ。

もちろん、「行為主体」としての自分を引き受けることが「責任主体」の立ち上げに直結するという（「債務」をめぐる「主体＝当事者化」を基盤に置く）考え方からすると、こうした構築主義的な「脱＝主体化」は、「責任＝債務からの逃避」ということになりかねない。

しかし、かりに「責任」ということを考えるにしても、「責任の主体」を引き受けて、発言し行動する「実働部隊《エイジェント》」や「喧伝家《スポークスマン》」もまた、もうひとつの「イデオロギー」に奉仕するという形式から自由ではあり得ない。

ゴンブローヴィチは、アルゼンチン時代の『日記』の連載を《月曜日　ぼく／火曜日　ぼく／水曜日　ぼく／木曜日　ぼく》という羅列から始めているのだが、「ぼく」に徹底的にこだわると、「動かされ、語らせられるぼく」に行きついてしまうというのが、ゴンブローヴィチの人間観だった。

14

話を津島佑子さんの『狩りの時代』に戻すが、これは、父方・母方の叔父や叔母、いとこたちに取り巻かれて育った女性（＝絵美子）を中心に、十五歳で亡くなったダウン症を背負った兄（＝耕一郎）をとりまいた「障害者差別的な言説」に抗うとはどういうことかを問うた問題作だ。

絵美子には、晃と秋雄という、それぞれが母方の叔父の息子である同い年のいとこがいるのだが、耕一郎も交え、いとこ四人で《たこ揚げ》をしていた《お正月》に、ちょっとしたことで、男の子同士で感情の行き違いがあり、《耕一郎は泣きべそをかいて、自分の凧を引きずり家に戻ってしまう》。ところが、《残された絵美子に、秋雄か晃がうしろからそっと近づき、その耳にささやきかけ》てきたと、絵美子は記憶している。《フテキカクシャ！　こうちゃんみたいな子は、フテキカクシャって言うんだ。あんな子はもう、うんざりだってことだよ。》（二四一～二ページ）

それは、絵美子が《九歳か十歳のころ》（八一ページ）であったようなのだが、耕一郎が十五歳で亡くなった葬儀の日の段階では、《晃になにかひどい真似をされた、あるいは「フテ……」というようなことばをささやかれたという記憶》（四四ページ）だけがあった。

しかし、その後、絵美子は高校に上がり、《ナチズムについての本のなか》に《「フテキカクシャ」というナチスのことば》を《見つけた》のだ。《急に、むかし聞いたことばの断片「フテ……」がよみがえってきた》（八〇ページ）とある。

しかし絵美子は、「晃と秋雄」、「晃か秋雄」が幼くしてナチス式の優生思想にかぶれていたことに驚くより、むしろその真相を《知りたい一心で、絵美子は晃とつきあい》（八一ページ）始めていた。その真相が分かりさえすれば、耕一郎の名誉が回復できると確信していたかのように。

他方、これとは別に、兄の耕一郎が亡くなった《通夜のときに気がついた》まま気になっていたことがあった。兄弟姉妹のなかでは最年少のヒロミおばさんと、秋雄の父である創おじさんが《なにかふたりで隠しているものがある》（八五ページ）と思えてならず、じつはそれは、一九三八年、ドイツからヒトラー・ユーゲントが日本に来たことがあり、富士登山の後に軽井沢へと向かう途中、若き日の叔父叔母（上記の秋雄の父に加えて、晃の父の達おじさん）が甲府駅まで記念祝典に赴いて、金髪碧眼のドイツ人青年たちに魅せられて帰ってきたという過去を共有していたらしいからである。そのおかげで、後にヒロミおばさんは日本人の夫と渡米していた間も西洋人の男を追いかけてまわすことになったようだし、やはり日本人の妻を持つ創おじさんは、ドイツ人の駐日外交官夫婦と奇妙な三角関係に陥り、そこから抜けられなくなっていく。そういう意味で、これは「自己差別」と呼んでもいいのかもしれない日本人の「西洋人コンプレックス」をもうひとつの主題に据えた「差別」をめぐる小説だとも言えるのだが、それは置いておく。

ともあれ、一九三八年の甲府駅で火のついた《ドイツびいき》（八四ページ）の兄弟の子であるいとこ同士（＝晃と秋雄）がまさに「フテ……」とささやいた張本人であったことはどうやら確かなようで、そして、最後に、その背景が明らかになるところで小説は、結末へと向かうことになる。

《そのころは、わたし、意味がわかんなかった。こうちゃんがいなくなってからよ、意味がなんとなく理解できるようになったのは。そして、ぞっとしたわ。なぜ、あんなことばをあなたはわたしの耳にささやきかけたの？　わたしはあなたをうらんだわ。今

も、うらみつづけている。「フテキカクシャ」って、つまり、こうちゃんのことでしょ。》(二三九ページ)

こんなふうに詰め寄る絵美子に対して晃は、こう答える――《たしかに、ぼくは父から その言葉を聞いているよ。今まで忘れていたけど。……秋雄とふたりで聞いたんだ。創おじさんとぼくのおやじが話してた。今思い出したよ。だけど、絵美ちゃんにどうしてそれが伝わったんだろう。……まず、絵美ちゃんにあやまっておくよ。どっちにしろ、ひとりで苦しい思いをしていたのは、絵美ちゃんにちがいないんだから。でも、絵美ちゃんにそんなことばを伝えたのは、ぼくじゃなかったと思う。》(二四〇ページ)

絵美子は、次に秋雄に対しても同じ追及に踏みきらざるをえなくなるのだが、「フテキカクシャ」というような言葉は、きわめて強い伝染力をもって、人間の語彙力の豊富化を促し、誰がいつその言葉を声に出すかはだれも(本人でさえ)予知できない。しかも、「それは絶対ぼくではない」とは誰も言い切れないのだ。それが「イデオロギー」というものだ。その「イデオロギー」を十分に吟味して、その信奉者であることを公に宣言できるほどの気合がなくとも、口にするだけならできてしまう。それが「十歳」の子どもにも、いや、子どもだからこそできてしまい、それがダウン症児を兄に持つ絵美子を苦しめ続けることになった。

絵美子に問い詰められた秋雄も、《まさか、絵美ちゃんにおれがそんなことをしていたとはな。どうしてかな、意味がわからないよ。嫌がらせにしても、おれ、そんなことするのかな。絵美ちゃんが好きで、注意を引きたかったのかもしれない。おぼえたてのことばで、いちばん、こわそうなことばだったから。》（二四八～九ページ）

こうして種明かしは続き、晃と秋雄の父親二人は二人で、絵美子の両親が結婚して、それ以来、絵美子の父方の伯父にあたる核物理学者（在米）との交流を深め、たまたま創おじが大怪我をしたとき、米国から創あてに、次のような文面を含む見舞いの手紙が舞いこむのだ――《お怪我が後遺症も残さずに直る見込みになられたとのこと、ご幸運に祝杯を挙げねばなりませんね。もし後遺症が残るようだったら、そしてこれがヒトラーの時代だったら、あなたも「不適格者」の烙印を押されていたかもしれませんからね。いや、危ない、危ない。》（二四四ページ）

そして、この手紙を受け取った《一週間後に、創は〔弟の〕達を家に招》き、《そのとき、応接間のドア越しに、十一歳の秋雄と十歳の晃が一心に聞き耳を立てていたこと》も知らないまま、《とにかく「不適格者」などということばはなにがあろうと〔絵美子と耕一郎の母である〕カズミの耳には入れたくない》（二四五ページ）などと口走ってしまったのだ。《「不適格者」か。まったくおそろしいことばだなあ》（二四六ページ）とも。

《目下、こちらではナチスはユダヤ人だけではなく、障害のあるひとたちについても集団虐殺をしていたという疑惑が持ち上がっていて、それで大騒ぎになっています》（二四三ページ）という近況報告から始まって、見舞いへと移ろうとする流れのなかで声に出された「不適格者」という言葉が、手紙を受け取った秋雄の父によって「再現」され、それを聞いた息子の秋雄が、まるで伝言ゲームのように、事もあろうに「耕一郎の妹」であり「カズミの娘」でもあった絵美子の耳元でささやいたのだった。

『狩りの時代』を、「差別イデオロギー」をめぐる小説として読もうとするとき、このように発話者を交代させながらバケツリレーのように受け継がれていく「言表」の半匿名性というものに津島佑子さんがきわめて自覚的だったことに注目すべきだと思う。

たとえば、フーコーの『知の考古学』（一九六九）に次のような言葉がある――《言表は、自身を生じさせる諸々の状況や自身がもたらす諸々の帰結に結びついているばかりでなく、それと同時に、まったく異なる様態に従って、自身に先立つ諸言表や自身の後に生じる諸言表にもまた結びついているからである。[16]》

伝言ゲームはかなりの誤伝達を含むのだが、であればあるだけ、「イデオロギー」は厚みを増し、裾野を広げながら増殖してゆく。ダウン症児の兄を早くに失った絵美子は、そうした「イデオロギー」に苦しめられたひとりだが、そうした「イデオロギー」の奥行に最後は途方に暮れるしかない。さいわい二人組のいとこは、誠実に彼女のことを受け止めてくれたのだが、ただ自分が「障害者差別イデオロギー」の「喧伝家」であったことにいささか狼狽するだけだ。

「フテキカクシャ」という言葉を声に出させようとする「障害者差別イデオロギー」に屈して「言わ（さ）れた」少年たちは、結果的に、その言葉を「言った」のであり、その「責任」を回避できない。しかも、彼らは「言った」という自覚にはいつまでも到達できないまま、ただ謝るだけだ。

15

津島佑子さんの遺作である『狩りの時代』を「ヘイトスピーチ＝憎悪発話」をめぐる物語として読むことを試みてきたが、そこでふと思い出した議論のひとつに、ジュディス・バトラー（一九五六〜　）が『触発する言葉』（一九九七）のなかで試みていたそれがある。フーコーの社会構築主義を踏まえながらも、《フーコーの言説理論が陥りやすい袋小路》から《抜け出》し、《抑圧的な現行の構造をどのように変革するかという問いに答えを出》そうとして、彼女はジャック・デリダ（一九三〇〜二〇〇四）の「脱構築」の方法を《引いてくる》[17]などの工夫を凝らす。

たとえば、バトラーは、「ヘイトスピーチ＝憎悪発話」を、こう説明する――《憎悪発話する主体は、その発話の責任を負っているが、たいていの場合、その主体はその発話の創始者ではない。人種差別的な発話は、慣習を呼び起こすことで機能する。その種の発言は巷に流通し、それを語る主体を必要とするが、語る主体とともに、あるいは使用されている特定の名称とともに始まり、終わるものではない[18]》と。

そして、彼女は単に一個の「発話の主体」にすぎなかった人間に対して「責任」を問い詰めようとするのでも、「発話」そのものへの包括的な「検閲」を強化せよと言い募るのでもない方向性を示そうとして、たとえば、一九九三年のノーベル賞受賞講演のなかで、トニ・モリソン(一九三一〜二〇一九)が用いた寓話を持ち出してくる。「憎悪表現」が行使する《名指しの力は、その名指しが彼女から奪ったつもりの行為体《エイジェンシー》をその女自身がはたらかせて、読み取っていくもの》(一四ページ)だと言うのだが、ここでの「彼女」とは、トニ・モリソンが講演のなかで取り上げた寓話のなかの「老女」のことだ。

《むかし一人の老婆がいた。目が見えないが、賢い女性だった。》Once upon a time there was an old woman. Blind but wise.[19]

その彼女のところへ、年端もいかない子どもらがやってきて、《おばあさん、私の手の中に小鳥がいるんだけど。生きているか死んでるか、答えてみて。》Old woman, I hold in my hand a bird. Tell me whether it is living or dead.

まさに晴眼者の子どもらが盲目の老婆に「ヘイトスピーチ=憎悪発話」を仕掛けたのだが、しばらく考えてから、女性は答えた——《あなたの手の中の小鳥が生きてるか死んでるか、それはわからないけど、それがあなたたちの手の中にあることはわかる。あなたたち、みんなの手の中にあるのよ。》 I don't know whether the bird you are holding is dead or alive, but what I do know is that it is in your hands. It is in your hands.

「憎悪発言」の話者や、その取り巻きを「悪意の持ち主」として糾弾することもできただろうが、そこを敢えて、捏造された問いに対する答えは質問者たち全員の「手の中」にあるのだと言って切り返した老婆の機転。まさに「言語」、そして「修辞」の持つ力のなかに「脱構築」の可能性を見ようというバトラーの夢を、この寓話はしっかりと裏書きするものになっている。「名指しが彼女から奪ったつもりのエイジェンシー」を、その彼女自身が機転とともに「はたらかせ」たのだ。それが「言語」の力だ。「告発」のモードに入るだけが言語の効用ではない。彼女は単なる「ヘイトスピーチ＝憎悪発話」の「被害者」として自分を位置づけようとはしていない。

このあと、バトラーは、このモリソンの寓話を前提に、《モリソンは、この寓話のなかの女を熟練した作家のように、鳥を言語のように語った》（一一ページ）と講演そのものの含意に沿いながら、議論をさらに前へと進め、《しかし私たちは、言語をおこなうのです。それが私たちの命の尺度になるのかもしれない》 But we do language. That may be the measure of our lives と言ってみせたノーベル賞作家の「言語愛」を、バトラーはどこまでも継承しようとする。

これを踏まえると、津島佑子さんの『狩りの時代』の場合は、いとこらの「ヘイトスピーチ＝憎悪発話」で暗に「不適格者」の汚名を着せられることになったダウン症の少年〔＝耕一郎〕や、その「ヘイトスピーチ＝憎悪発話」を兄に代わって直接聞かされた妹の絵美子が、「言い返す」機会を逃しつづけ、せいぜい絵美子が事後的におずおずと「抗議の主体」として立ち上ってみせるだけで終わっている。

しかし、津島佑子さんもまた、次の問いをバトラーと共有しておられたと思う――《〔憎悪発言を産み出すような〕構造の持続を断ち切るような言表はありえるのか。》〔三一ページ〕

それは、「憎悪言説」を言葉に乗せた人間をやみくもに突き放すのではなく、その背景をまで慮ることで、ひと呼吸、ふた呼吸置きながら、硬直した言葉に硬直した言葉を返すのではない道をさぐること、とも言い換えられるだろう。

たとえば、ダウン症の少年を「フテキカクシャ」と名指した、いとこの秋雄に書く手紙のなかで、絵美子は次のように問いかけてみせる――《「フテキカクシャ」ということばは〔中略〕おそろしい憎しみを含んでいた。〔中略〕創おじさん〔＝秋雄の父〕が語るのを盗み聞きしたあなたと晃さん〔＝もう一人のいとこ〕はもっとおびえていたのかもしれない。それで、あなたはわたしにささやかずにいられなくなった。／そういうことだ

ったのでしょうか？》（二五四ページ）

私たちはなかなか自由気ままには話すことも遊ぶこともできない。話させられ、遊ばされ、それがこの社会のなかで生きるということなのだが、しかし、話させられ、遊ばされる私たちは、決して決められた台本通りにだけ話せ、決められたマニュアル通りにだけ遊べという条件つきで、話者、もしくはプレイヤーとしてこの世界に「召喚」されているのではない。

「構造の持続＝イデオロギーの再生産」を「断ち切る」ためには、「言語をおこなうこと」の可能性に賭けるしかない。文学に従事する作家や文学研究者の夢は、そこにしかないのである。「興奮の発話《エクサイタブル・スピーチ》」を求めて。

16

論集『戦争と性暴力の比較史へ向けて』（二〇一八）の「はじめに」で、上野千鶴子さん（一九四八〜　）は《戦争と性暴力研究はアジア発だった》と書いておられる。《スタートラインは、一九九一年。元「慰安婦」だった韓国女性、金學順《キムハクスン》が名乗り出て、日本政府を相手どり、匿名の元「慰安婦」や元軍人・軍属とともに日本政府に対する損害賠償請求の裁判を提訴したことが始まりだった[20]》と。

ちょうど、その一九九〇年代は、ユーゴスラヴィアの内戦やルワンダの内戦があって、戦時性暴力に対する関心がきわめて強まっていた時期であったこともあり、こうした種類の研究が、とくに女性研究者の手によって進められるようになった。こうした歴史の流れのなかで、同書の刊行が実現したわけである。

そして、同論集のなかでは、「エイジェンシー」という言葉にかなり重要な役割があてられている。

たとえば編著『構築主義とは何か』(勁草書房、二〇〇一)の「あとがきに代えて」のなかで、上野千鶴子さんは、ポスト構造主義の台頭に伴う「主体《サブジェクト》」概念の失墜に対して、《もし主体が構造を反復し再生産するだけの存在だとしたら、そこには変革の可能性はないことになる。「エイジェンシー」という概念は、主体に代わって、主体の超越論的な性格と被決定論的な性格とを調停するために生み出されたものである》と言いながら、すでに「エイジェンシー」概念の有用性を強調されていた。《エイジェンシーとは、構造による決定と非決定とが言説実践の過程でせめぎあう、生きられた場のことにほかならない》[21]のだと書いておられた。

何らかの強制力の下で、兵士に対する性的奉仕を本人の意思に反して強制された女性たちは、なまじ「抵抗の主体」として立ち上がったりしようものなら、生きて戻れなかっただろう。しかも、かりに生き延びて帰郷することがあったとしても「抗議の主体」

として「名乗り」を挙げることがいかに難しかったかは、金學順さんのカミングアウトが、戦後四六年を経た後のことでしかなかったことからも分かる。まったく「無力であった女性」だった存在が、「民族言説」の「主役」ともみなしうる「たくましい女性」として「エンパワー」されてゆく。こういった歴史的展開のなかで、敢えて「エイジェンシー」を考えるとはどういうことなのか?

このことについて、上野さんは、「フェミニスト」としての来し方を踏まえつつ、新しい論集の「序章」のなかで、次のように書かれている――《女性は制約のない完全に自由な主体でもないが、だからといって歴史にただ受動的に翻弄されるだけの客体でもない。フェミニズム以後の女性史は、「歴史に女性のエイジェンシーを取り戻す」ことを課題とした。というのも、それまでの女性史は女性をたんに受動的な犠牲者として描くような「抑圧史観」や「解放史観」が主流だったからである》(二一～二ページ)と。「自由な主体」には満たない奴隷的な身分に身を置く人間にも、生きている限りにおいて、最低限保証されているのが「エイジェンシー」であり、そのなかには「言語能力」も含まれる(そこが人間と動物の大きな違いなのだ)。すでに紹介したバトラー以降のフェミニストは、まさにそうした「エイジェンシー」のレベルでの「変化の可能性」に目を向けようとするのだ。

この観点からすれば、戦地で「性奴隷」としての過酷な経験を生きた「慰安婦」たちにも、何らかの「エイジェンシー」や、機知のはたらきは、あったはずだし、逆に、「元「慰安婦」」として名乗りを上げた後にも、法廷で有効な「証言」としての枠から逸脱することがあっても「オーラル・ヒストリー」としての奥行を持った語りを発することは可能なのだ。

戦地にあっては「無主体」でしかなかった女性が、「カミングアウト」後は「法的主体」として生まれ変わるという単線的な「出世物語」に抗して、それぞれの局面における「エイジェンシー」を「回復」させるということは、ある種の「逸脱」とも受け取られかねない。しかも、権力は、相手の生命を脅かさない範囲内で、相手に対して一定の「エイジェンシー」を与え、そうすることで、自己を免責しようともする。しかし、そうした「エイジェンシー」のなかで、かりに「性奴隷」の状態にある女性であろうとも、兵士に恋愛感情を抱いたり、兵士と冗談を言い合ったりする機会は残されていただろう。こういったリアリティを回復すること。

そして、「カミングアウト」の後にも、そうした記憶を思わず言葉にしたサバイバーは、一定数いた。そうしたことは帝国日本に対する「免責」につながるのではなく、彼女らの「名誉」をこそ保証するものだ。彼女らは極限状態のなかにあっても、人間的でありつづけたのだから。

上野さんは、こう書いてもおられる——《トラウマに対する自己防衛機制としての解離や、ナチの収容所における「ムーゼルマン」も〔中略〕「合理的」な適応形態、極限状態に置かれた者の生存戦略と解することができる。それが統治や抑圧をより容易にするとしても、当事者の「合理的選択」とそこに働いたエイジェンシーを、誰も責めることはできない》（一二～三ページ）と。

17

「戦争と性暴力」について議論しようというとき、「オーラル・ヒストリー」に重きを置くことには功もあれば罪もある。「文書史料」を最優先にしてきた歴史学は、「語り」にさえなかなか信頼を置くことができないでいるのだが、「オーラル・ヒストリー」は、すべての「語り」が「語り得ぬもの」と密接に触れ合うものであることを「雄弁に語ってしまう」ばかりか、「語り」をすら残さずに亡くなっていった「百パーセントの被害者」（「エイジェンシー」を使い果たした人びと）の「代わり」にも語るという離れ業をなしとげるものでもある。ここまで来ると歴史学がカバーできる範囲を越えてしまうのかもしれない。

絶滅収容所での生活を生き延びたサバイバーは、犠牲者たちが沈んでいった「消失点」の気配とともに生き延びるしかないのであり、同じことは、「戦時性暴力」の被害者についてもあてはまる。

アジア太平洋戦争における「性暴力被害者」の数は、「慰安婦」として拉致・動員された被害者として名乗りをあげた者の数以上に統計資料がない。またサバイバーのなかでも、一九九一年以降のパラダイム・チェンジのなかで元「慰安婦」たちの《受難》に対して《語りの正当性が付与される》(三二六ページ)という環境が整備されたことはきわめて重要だった。同書に収められた佐藤文香さん(一九七二〜)の論文「戦争と性暴力/語りの正当性をめぐって」は、韓国の歴史家であるイム・ジヒョン(林志弦)さん(一九五九〜)の「犠牲者意識《ヴィクティムフッド》ナショナリズム[22]」の議論を踏まえつつ、《戦争にまつわる性暴力の被害がスティグマ化され、恥とされ、長いこと沈黙を強いられる》時代を乗り終えて、《ひとたび、共同体が戦時の受難物語の中で被害を語る正統性を認めると、被害者にエイジェンシーの発揮の余地がないとみなされる「敵によるレイプ」被害を頂点とする、語りの序列がつくられるのだ》(三二九ページ)。詳細は図表を含む論文集そのものをご覧いただくしかないのだが、「語り得ぬもの」の近傍から語り出される「語り」は、「エイジェンシーの欠如」をこそ語る方向に誘導されるというのだ。生き延びたものに残された「エイジェンシー」の活用方法に関してもまた時代的な文脈が作用して、「十全なエイジェンシー」が行使できないという皮肉な事態が生じている。

しかし、こうした議論をするときに、「オーラル・ヒストリー」としての「語り」をすら禁じられてしまった「生き残れなかった性暴力被害者」のことを考えるためのきっかけをもまた「オーラル・ヒストリー」は提供していると考えるべきなのだろうと思う。堀田善衛の『時間』のような文学作品がそうであったように、「犠牲者たちが沈んでいった消失点」に肉迫するには、そうした迂回的な方法しかないことが多い。「オーラル・ヒストリー」の効用を考えるときに、それは「言語行為」としての「語り」によって「文書史料」を補完するだけではなく、「死者たちの沈黙」をも代弁しようとする負荷を負った、それこそ何らかの「集合性」を引き受けた「語り」として、それを読みこむという実践が追求されなければならない。プリモ・レーヴィ（一九一九〜八七）、あるいはエリ・ヴィーゼル（一九二八〜二〇一六）の書き遺したものを読むのと同じように「証言集」を読むこと。

18

「戦争と性暴力研究はアジア発だった」というときに、ひとがまず想起するのは、一九九一年にみずから「元慰安婦」として名乗り出た金學順さんのカミングアウトだが、しかし「戦争と性暴力」というものを近代日本史のなかで考える場合であれ、もっと射程を広げて人類史のなかで考える場合であれ、順序としては「戦場での突発的な強姦」が先に来るはずのものだろう。少なくとも「計画的な軍慰安所制度」が「突発的な強姦」（虚実は問わない）に先立つことはありえず、それこそ、近代日本は、一八七四年に政府が行った台湾出兵であれ、一八九四〜五年の日清戦争における朝鮮半島への派兵時であれ、そこですでに「性暴力」は日本軍の野蛮さのひとつとして風評に組みこまれていたのだと思う。また近代以前まで遡れば、関が原であれ、蝦夷地であれ、「性暴力」はまさに「売春から恋愛」までという「性暴力連続体」として現地の女性たちの日常に非常事態をもたらしたことだろう。そういう意味で、二〇〇〇年十二月の女性国際戦犯法廷においても、狭義の「慰安婦」にはとどまらず、広く「日本軍による性暴力」の全体が追及の対象になったのだった。そして、そのときに韓国で急速に進められた「慰安婦証言」の収集と並行して、中国の山西省で行なわれた調査は、それこそ田村泰次郎が『肉体の悪魔』（一九四六）をはじめとする戦地ものに書いたような「日本軍による戦時性行動」の全貌が垣間見られる、きわめて貴重な調査になった。

その女性国際戦犯法廷に先駆けて編まれた『日本軍性奴隷制を裁く――二〇〇〇年女性国際戦犯法廷の記録④「慰安婦」・戦時性暴力の実態Ⅱ』（緑風出版、二〇〇〇）のなかで、西野瑠美子さんは、次のように書いておられる――《中国は、日本軍慰安所制度が最も長期にわたり、かつ広範囲に存在した地域である。その背景には計り知れない強かんがあった。それだけをとらえても中国人の性暴力被害者はかなりの数におよぶであろうことは想像に難くない。[23]》そして、そうした「慰安婦」未満の「性暴力被害者」（「性奴隷」という概念は、「慰安婦」を含む上位概念とみなすべきかもしれない）を対象に、一九九六年以降、山西省で地道な聴き取り作業を進められたのが、中国現代史研究者の石田米子さん（一九三五〜　）をはじめとする日本人グループ（＝性暴力の視点から見た日中戦争の歴史的性格研究会）だった。上記論集には、弁護士の大森典子さん（一九四三〜　）との共著で、石田さんも「中国山西省における日本軍性暴力の実態」と題する報告を寄せておられるが、それは「中間報告」に相当するもので、最終的な成果は、『黄土の村の性暴力／大娘《ダーニャン》たちの戦争は終わらない[24]』として実を結ぶ。

一九九八年に提訴のあった「山西省性暴力被害者損害賠償請求訴訟」は、二〇〇五年に高裁で「請求棄却」、同年、最高裁でも「上告棄却」となったのだが、調査にたずさわった石田さんたちは、《「日本人調査者と中国人被調査者」相互の関係性が裁判という条件づけの中で具体的に成立したこと、あるいは成立していることを自覚しているが、聴き取りの内容が裁判にとって有利かどうかという配慮は全くしていない》（二三ページ）と言い切る。言い換えれば、「証言」としても役立つかもしれないナラティヴを、彼女らはあくまでも「語り」として聴き、心に収め、そして文字に残したのだった。

彼女たちは私たちに会う前に、（一九九一年に提訴された「アジア太平洋戦争韓国人補償請求訴訟」をはじめ〕既に裁判をしている人たちがいることを知っていたが、最初から裁判に訴えようと私たちの前に現れたのでもない。しかし、あとから考えれば、被害女性やその家族は、私たちが被害をどのように聞くかということとともに、裁判の可能性と私たちにそれをやる意思と力量があるかどうかをはかっていたとも言える。五〇年以上たって目の前に現れた日本人に対し、その長い年月、村人はむろん家族に対しても自らの被害の苦しみを訴えることができず、重い沈黙を強いられてきた被害女性たちは、最初から自らの被害を順序だてて語れたわけではない。誰もが自らの被害を恥じ、自分を責め、被害の核心を語ろうとすると気分が悪くなったり失神したりした。〔中略〕自らの被害に向き合い、自分は悪くないという自信を取り戻し、被害を具体的にストーリー性をもって語れるようになり、裁判〔中略〕をしたいと言い始めたのは、聞き取り開始から一年半後のことである。（二二ページ）

沈黙から呟きを経て、証言者へと向かった被害女性たちは、質問者たちの努力を通して「エンパワー」されていった。

韓国の元慰安婦たちが、おもに韓国の支援者によるサポートを経て、「告発する主体」へと成長していったのと違いがあるとすれば、山西省のサバイバーたちが、「五〇年以上たって目の前に現れた日本人」を前にして、はじめて「沈黙」から抜け出し、「贖罪的にふるまう日本人のはたらきかけに応える主体」としての道を歩み出したというところだったのかもしれない。

『戦争と性暴力の比較史へ向けて』の編者のひとりでもある蘭信三さんは、論考「戦時性暴力被害を聞き取るということ」のなかで、『黄土の村の性暴力』を《日本軍「慰安婦」だった期間だけでなく、戦後の〔中略〕「生きられた世界」をも記述しており、被害の語り（「証言」）に偏重しがちな日本軍「慰安婦」研究や戦時性暴力研究を相対化している》（三〇八ページ）という意味で、川田文子さんの『赤瓦の家』（一九八七）との類似性に注目されており、これらをも含め、加害者の側に属する日本人女性が中心になった日本人以外の被害女性に対する「聴き取り」の試みが、「アジア発」のさまざまな連帯を可能にしたことは忘れるべきではないだろう。

19

少し前に、フランスの作家、パンゴーの構造主義理解を援用しながら、人間の置かれた不条理な状況を語ったゴンブローヴィチの文章について触れた。

「人はもはや動かず、動か（さ）れるし、人はもはや話さず、話さ（せら）れる」という、パンゴーの言葉遊びに触発された、さらなる言葉遊びである。

ともあれ、人間は行動においても、発話においても、主体としてふるまうより、どちらかというと受動態的にふるまうと考えた方が、より現実に近いというわけだ。少なくともポスト構造主義の時代にあって、いわゆる「主体神話」は後退を強いられている。しかし、こうした枠組みのなかで考えた場合、いわゆる戦時性暴力の当事者のなかで、より「イデオロギーの奴隷」としての地位に甘んじることを余儀なくさせられているのは、じつは加害者側ではなかったか。

ここで何度も触れてきた『戦争と性暴力の比較史へ向けて』所収の論文「兵士と男性性／慰安所へ行った兵士／行かなかった兵士」のなかで、平井和子さん（一九五五〜）は、《「戦争と性欲は、切っても切れない間柄」とし、「戦場で「ものの用に立つ」働きをするためには、常に健全な肉体条件と猛り立つ精神」が必要で、「性欲の処理は肉体と精神の調和剤で、戦争の潤滑油」であるとする》（一二〇ページ）、『戦魂』（東宣出版、一九七三）の著者（元兵士の直井正武さん）に注目する。これこそまさしく彦坂諦さん（一九三三〜）が「男性神話」[25]の名で呼んだ日本軍イデオロギーをずばり言い当てた表現だと言える。勇ましく戦うことと、強姦に手を染めたり、慰安婦を買ったりすること、そして、場合によっては玉砕することこそが「男になること」だという「神話」は、世界の軍隊のなかでも、とりわけ旧日本軍のなかに深く定着していたイデオロギーではなかったかとさえ思う。

もちろん、そうした、「皇国史観」や「國體思想」によって補強された「男性神話」に対して、他方で、「身を慎む」だの「妻の存在」だの「ヒューマニズム」だのといった言葉を手掛かりに、自己判断で《ブレーキ》（一三〇ページ）をかけた日本兵がいないわけではなかった。要するに《「慰安所」へ行く／行かないを分け》た《のは、徴兵制・軍隊が必要とする「男らしさ」から降りることができる／できない、の違い》（一三六ページ）に他ならなかったのである。ただ、彼らをたきつけたのもイデオロギーなら、彼らを遠慮深くさせたのも「性道徳」であったり「衛生観念」であったり「ヒューマニズム」であったり、それこそおしなべて近代が涵養した異なるイデオロギーに他ならなかったとも言える。そして、兵士たちは、そうした複数のイデオロギーがひしめくなかで、わずかながらも「選択する主体」として「行く／行かない」を決めただけで、あとは流れ作業のようにイデオロギーに準（殉）じたのだった。まさに「動か（さ）れる」ままに。

それに対して、慰安婦であれ、あるいは戦場において性暴力被害にあった（一回的にであれ、くり返しであれ）被害者であれは、当時、ある意味では、まったくの無力であったし、いわゆる家父長制的なイデオロギーが強固であればあっただけ、彼女らはその後もみずからの被害を「恥じる」ことで、いっそう縮こまっていった。しかし、見方を変えれば、そんな彼女らでも、被害経験を克服する上で、また加害者を恥じ入らせたり、我に返らせたり、そうした小さな小さな「行為」によって、絶望の淵から甦る努力をしたかも知れないのである。それは、小さな仕草、小さな言葉にすぎなかったかもしれない。しかし、そうした「行為もしくは発語の幅」をこそ、バトラーは「エイジェンシー」と呼んだのであり、『戦争と性暴力の比較史へ向けて』の上野千鶴子さんたちは、「戦争と性暴力」の関係を考える上での重要な概念として、これを活用しようと決意されたのだ。《わたしたちに必要なのは、構造と主体の隘路をたどって構造にも主体にも還元されないエイジェンシーを尊重しつつ、かといって構造の暴力を免責しないような複合的なアプローチなのだ。》（一三ページ）

私たちは何らかの「主体」を立ち上げない限り「応答責任」を果たすことはできない。そして、そのためには「人間の尊厳」を何よりも優先しようというイデオロギーを前面に押し出す決断が必要だろう。

しかし、現代を生きるわれわれは、「主体」と名乗るのも恥ずかしいような「イデオロギーの手先＝実働部隊」／「イデオロギーの喧伝家」としてふるまうことが多いなかで、それでも、なんらかの「行為体＝エイジェンシー」としての行為や発話の「幅」を与えられながら、一瞬、一瞬を生きている。少なくとも、過去をふり返る私たちは、過去の被害者が身をゆだねた「行為の幅」に対する想像力を失ってはならないし、いまを生きるわれわれもまた「動か（さ）れ」っぱなしではない「小さな行為の幅」のなかで「動く」ことを続けていくしかないのだ。

そして、われわれが生き延びる上での「行動の幅」を先人から学ぶとしたら、それは、被害者のそこから学ぶことの方が大きいのかもしれない。彼女らの「尊厳」を保つには、彼女らが完全に「無力」であったと決めつけるのではなく、彼女らがかりに「主体」として無力であったとしても、少なくとも一定の「行動の幅」を生きていたのだという人間観を盾にすることが不可欠だろう。

注

(1)フィリップ・サンズ『ニュルンベルク合流――「ジェノサイド」と「人道に対する罪」の起源』(二〇一六)、園部哲訳、白水社、二〇一八。

(2)佐原徹哉『ボスニア内戦――グローバリゼーションとカオスの民族化』有志社、二〇〇八、三九ページ。

(3)西成彦『ターミナルライフ――終末期の風景』作品社、二〇一一、一九ページ(以下、同書からの引用は、本文中に『ターミナルライフ』の書名と、ページ数のみを記す)。

(4)立岩真也・杉田俊介『相模原障害者殺傷事件――優生思想とヘイトクライム』青土社、九三ページ(以下、同書からの引用は、本文中にページ数のみを記す)。

(5)佐原徹哉『中東民族問題の起源――オスマン帝国とアルメニア人』白水社、二〇一四、四三ページ(以下、同書からの引用は、本文中にページ数のみを記す)。

(6)J・M・クッツェー『ダスクランズ』くぼたのぞみ訳、人文書院、二〇一七、二一四ページ(以下、同作からの引用は、本文中に同訳書中のページ数のみを記す)。

（7）ワシーリー・グロスマン『万物は流転する』齋藤紘一訳、みすず書房、二〇一二、一五四ページ。

（8）J・M・クッツェー『動物のいのち』森祐希子・尾関周二訳、大月書店、二〇〇三、三一ページ。

（9）加藤直樹『九月、東京の路上で――一九二三年関東大震災ジェノサイドの残響』ころから、一六九ページ（以下、同書からの引用は、本文中にページ数のみを記す）。

（10）坪井秀人編『戦後日本を読みかえる――第五巻・東アジアの中の戦後日本』臨川書店、二〇一八、四三ページ（以下、同書からの引用は、本文中にページ数のみを記す）。

（11）堀田善衛『時間』岩波現代文庫、二〇一五、一九二ページ（以下、同書からの引用は、ページ数のみを記す）。ちなみに『時間』をめぐる考察は、『ホロコーストとヒロシマ――ポーランドと日本における第二次世界大戦』（加藤有子編、みすず書房、二〇二一）に収録した拙論「処刑人、犠牲者、傍観者――三つのジェノサイドの現場で――」においても私なりに試みたので、参照されたい。

（12）J・M・クッツェー『モラルの話』くぼたのぞみ訳、人文書院、二〇一六（以下、同作からの引用は、本文中に同訳書中のページ数のみを記す）。

（13）津島佑子『狩りの時代』文藝春秋、二〇一六、二八〇ページ（以下、同書からの引用は、本文中にページ数のみを記す）。

（14）米川和夫『現代世界演劇③詩的演劇』白水社、一九七一、二三二～二三三ページ。

（15）これはフランスの作家、パンゴーの言葉だが、以下の書籍に引用されているものを用いた――*Gombrowicz*, dirigé par Constantin Jelenski et Dominique de Roux, Editions de l'Herne, 1971, p. 229.『キャンゼーヌ・リテレール』の取材に応じたゴンブローヴィチの発言（同誌一九六七年五月1日号）からの引用も同書から(pp. 228-9)。

(16)ミシェル・フーコー『知の考古学』慎改康之訳、河出文庫、二〇一二、五八ページ。

(17)竹村和子「訳者あとがき：いかにして理論で政治をおこなうか」、ジュディス・バトラー『触発する言葉――言語・権力・行為体』竹村和子訳、岩波書店、二〇〇四、二八三ページ。

(18)前掲『触発する言葉』五四ページ（以下、同書本文からの引用は、同訳書中のページ数のみを記す）。

(19)Toni Morrison, *The Nobel Lecture, 1993*, Chatto and Windus, 1994, p. 16.

(20)上野千鶴子・蘭信三・平井和子編『戦争と性暴力の比較史へ向けて』岩波書店、二〇一八、二二ページ（以下、同書からの引用は、本文中にページ数のみを記す）。

(21)上野千鶴子編『構築主義とは何か』勁草書房、二〇〇一、二九九ページ。

(22)イム・ジヒョン「グローバルな記憶空間と犠牲者意識《ヴィクティムフッド》」原佑介訳、『思想』二〇一七年四月号（通巻一一一六号）、岩波書店、三二九ページ。

(23)西野瑠美子・林博史編『日本軍性奴隷制を裁く――二〇〇〇年女性国際戦犯法廷の記録④「慰安婦」・戦時性暴力の実態II』緑風出版、二〇〇〇、一六ページ。

(24)石田米子・内田知行編『黄土の村の性暴力――大娘《ダーニャン》たちの戦争は終わらない』創土社、二〇〇四（以下、同書からの引用は、本文中にページ数のみを記す）。

(25)彦坂諦『男性神話』径書房、一九九一。

V　戦時性暴力とミソジニー

1

「ヤスクニ」に「英霊」として祀られているような旧日本軍兵士は、勇敢に闘ったのはなるほどそうであったかもしれないが、彼らがその合間に乱暴狼藉（無差別殺人や性暴力）をはたらいた可能性があるという疑いは、一〇〇年経とうが、二〇〇年経とうが、消されることはないだろう。そもそも「ヤスクニ」に足を向けようとする人々は、「国のため」に戦った兵士に対して、感謝の意を表するだけでは済まされない。国家のために命を差し出すよう強いられた、ある種の「犠牲者」に向かって哀悼の気持ちをささげ、彼らが戦闘の合間に犯したかもしれない恥ずべき素行にも思いを馳せて、自分をもまた恥じるという、そんな老若男女であるはずで、そうでなければならないと私は思っている。「ヤスクニ」が参詣者を厳かな気持ちにさせるとは、そもそも、そういうことのはずである。

戦後生れだし、従軍経験のない私のような人間にとって、森鷗外が「鼠坂」（一九一二）に書き、石川達三（一九〇五〜八五）が「生きてゐる兵隊」（一九三八）に書き残したような日本人男性の非人道的な行為は、後世の私たちが未来永劫引き受けるしかない、文字通り、国民的記憶の「恥部」である。千田夏光（一九二四〜二〇〇〇）の『従軍慰安婦

――〝声なき女〟八万人の告発』（双葉社、一九七三）以降、少しずつ「従軍慰安婦」の話題が巷でも囁かれるようになる一九七〇年代から八〇年代にかけて（それは山崎朋子さんの『サンダカン八番娼館』（一九七二）や森崎和江さんの『からゆきさん』（一九七六）が先を争うように読まれた時代でもあった）、まさに軍国主義日本の恥ずべき「闇」の深さは、めまいを誘うほどだった。私のような戦後生まれが「憲法第九条」に感謝するとしたら、そうした「闇」から少なくとも自分は自由だと思える、甘ったれた安堵感に由来する。

そして、こうした日本史の「恥部」が、まさに「植民地支配」の「恥部」でもあることを指し示すかのように、韓国をはじめとするアジア諸国（やオランダ）から「元慰安婦」たちからの「名乗り」があり、一九九〇年代に、日本の男は、老いも若きも、よほどの「恥知らず」でないかぎりは、はげしい「羞恥」にとりつかれたのである。日本のフェミニズムが、そうした「羞恥心」を日本の男たちのあいだに掻き立てたことも確かである。当時の男たちは、はっきりと自分は「恥じ入る」と宣言できたタイプと、臆面もなく「恥知らず」としてふるまったタイプに二分された。

ただ、そんな一九九〇年代の日本では、「河野談話」や「アジア女性基金」あたりを分水嶺として、いつまで、どこまで「恥じ入り」つづけるべきかをめぐる煩悶が深まっていった。私が「鼠坂殺人事件」と題する森鷗外論[1]を書いたのは、そんな時代だった。法的拘束力は持たないことを謳いつつ、しかし「国際法廷」を銘打った「女性」たちを中心とした「女性国際戦犯法廷」に関しては、賛否両論が喧しく飛び交っていた、その時代背景を強く意識した文章だった。

「鼠坂」は、鷗外（森林太郎）自身の日露戦争従軍経験を下敷きにした一種の「戦場小説」だが、満洲の民間女性に対して、強姦、そして殺害にまで及んだとされる日本人は、兵士ではなく、軍に帯同していた新聞記者との設定だ。しかも、この作品が「小説」として巧妙なのは、単純に戦時性暴力をリアルに描くというのではなく、レイピスト自身が「武勇伝」としてあることないことを綯交ぜにして触れまわったしっぺ返しとして、日露戦争期以来の知己である酒宴のあるじが、悪趣味にも本人の前の前で、再度、過去を暴き立てることになるという構成それ自体である。そこには第三者もいれば、家のあるじの女房も、男たちに酌をしながら、同席している。せっかくの酒宴を楽しみにやってきたはずの男は、いつしか「罪状認否」を迫られることになり、完全に気分が動転してしまう。そして、そのまま寝室に通されて体を横たえた男は、夢魔にとりつかれて絶命する。新聞には「脳溢血症」とのみ報じられた死の真相は、「七年前」の満洲の夜の「死霊」が帝都東京のど真ん中で、殺人鬼に復讐を遂げたとの説明が可能である。そんなふうに語り聞かせる「怪談」仕立てにできているのが、「鼠坂」である。

私は、明治以降に日本が行った海外派兵（民間人の随行も含む）が、どれだけの無法行為に手を染めたかをずばり告発した作品として、小品ではあるものの、この小説は後の

『生きている兵隊』に並び称せられてしかるべき、「戦時性暴力告発小説」の傑作だと考えている。この作品が戦後のある時期まで鷗外の作品のなかでもほとんど注目されてこなかったのは、それがあまりにも直球勝負の「反戦小説」だったからではなかったかと思う。

「鼠坂」が秀逸なのは、恥ずべき戦場での悪行《僕は今一つの肉を要求する》を露悪的に描いただけで終わらせようとしなかったことである。同作品が描くのは、そのような蛮行をひとは（首謀者でさえもが）面白おかしく加工して、偽悪的な「武勇伝」に変えてしまうという、人間という生き物の浅ましさ、しかもそうした悪趣味な物語が、軍国主義国家の巷間にあっては女性までが立ち会う場で「都市伝説」のように流通し、伝承されていってしまうという人間の愚劣さ、そこをまで含んだおぞましい人間模様の全体像なのである。森鷗外は、そうした「都市伝説」の創造と伝承にみずから関与したのだということになる。

そして、犯罪被害者に生じるとされる「フラッシュバック」なるものが、犯罪加害者にもまた、いつ降りかかってこないとも限らない、そういった事例を示したという意味でも、鷗外の「心理学者」ぶりが如何なく発揮された作品だとも言えるだろう。こうした人間観察は、日本においては「旧日本軍兵士」の「名誉」を守るとの名目から「英霊」の過去を蒸し返すまいという「国民的総意」の形成（「ヤスクニ」とはそうした創られた総意のシンボルだと言える）にも預かって力があったかもしれない。しかし、少なくとも鷗外は、そうした日本社会の構造そのものを、文学者ならではのやり方で「暴露＝告発」しているのである。

ただ、二〇〇〇年の私は、さしあたり、そこまで考えるのが精一杯だった。民族がたどった「汚辱の歴史」を蒸し返すことを楽しむ下品さと、それをいつまでも否認しつづけようとする歴史修正主義の頑迷さ——「鼠坂」が描こうとしているのは、その一対であると。

私の思考は、ひとまずそこで停止した。

ありえた強姦殺人、ありえたひけらかし、ありえたフラッシュバック、ありえた都市伝説、ありえた隠蔽……。

「鼠坂」はいかなる歴史教科書も描きえないような人間の滑稽さと醜悪さを、たくみに描き出していた。

2

その後、二〇〇〇年代の日本では、いわゆる「右傾化」に拍車がかかり、「ヤスクニ」の聖域化は進んだし、「アジア女性基金」も所期の目標を十分には果たせないまま活動を終え、「慰安婦問題」をめぐっては小康状態がつづいていた。そんななか、日本では民主党政権が誕生して間もなかった二〇一一年八月、韓国の憲法裁判所が「韓国政府が日本軍「慰安婦」被害者の賠償請求権に関し、具体的解決のために努力していないことは「被害者らの基本権を侵害する違憲行為である」との裁定を下した。ソウルの日本大使館前に少女像が設置されたのも、同年の一二月だった。

じつは、私が朴裕河さん(一九五七〜)の存在を知ったのは、二〇一〇年の七月だった。当時の彼女は『帝国の慰安婦』(朝日新聞出版、二〇一四)などという本を日韓両国で出版することなど、まだ考えておられなかったと思う。韓国で刊行された『和解のために』(二〇〇五)が、佐藤久訳(平凡社、二〇〇六)として日本で刊行されるや否や、同書は大きな話題を呼び、第七回大佛次郎論壇賞を受けるに至った。もっとも、同書は「慰安婦問題」を単体で取り上げた本ではなかったし、その後の彼女は、日韓の「和解」の話題からは少し遠ざかり、「元在朝日本人」(要するに「引揚者」)の問題へと関心をシフトされていた。(2) また、日本文学研究者の間で、朴裕河さんと言えば、むしろ早稲田大学で博士学位を受けられた博士論文を基にした『ナショナル・アイデンティティとジェンダー』(クレイン、二〇〇七)の存在感の方が大きかったかもしれない。「国民的文豪」としての夏目漱石を、ジェンダー論の観点から再審に付した同書は、いまでも漱石の価値を見定めようという研究者にとって避けては通れない基本文献だと思う。

そうして、そうした朴裕河さんの問題関心を見越したかのごとく、植民地文化学会代表の西田勝さん（一九二八〜二〇二一）は、〈植民地主義と女性〉なるフォーラムを同学会の年次大会の目玉企画として発案され、そこに朴裕河さんをパネリストとして招かれた。そして、たまたま私は「コメンテータ」として、そこに声をかけていただいたのだ(3)。

じつは、そこでの朴さんの話は、まるで企画者の意図を裏返すかのようで、植民地支配の下に置かれた韓国・朝鮮の「男性」の話がメインだった。

《植民地化という事態》は、《植民地の男性たちが女性を養う経済的主体としての位置を失ったこと》を示したという。有名な「アリラン」の唄に対する朴さんの読みは、そこには《女性たちが売られていく状況〔中略〕をただ見ているしかなかった男性たちの無力感とくやしさと軽蔑の感情〔中略〕がにじんでいる》（一一ページ）というものであった。「無力感」にうちひしがれた男が「売られていく同胞の娘」を見ながら、「同情」や「義憤」などよりも、まず「くやしさ」や「軽蔑」に悶え苦しまなければならない。そんな植民地の男性にとって、仮にそれが「日王のために死ぬこと」でしかなかったとしても、それが《男性性を回復する》（一二ページ）ための道のひとつだったのである。要するに、そのフォーラムで朴さんが語られたのは、植民地支配が被植民者の男性に及ぼした《去勢》（一〇ページ）的な作用についてだった。

この発表を受けて、コメンテータの私は、「去勢」の危機にさらされた男性の「男性性回復」という企てを《虚勢》（四一ページ）と呼び、軍国主義が宗主国から植民地に至るまでの男たちに強いたのは、おしなべて「虚勢を張ること」だっただろうと補足する形で応じた。「抵抗する男性」には徹底的に「去勢」を施し、その代り、「愛国的な国民（＝皇民）」としてのみ「虚勢」を張らせる——それが軍国主義国家の男性操縦法だった。それは植民地に特有の現象ではなく、国民国家自体がそういった操縦法でひとを飼い馴らすのだ。

そして、そうしたなかで、女性はおとなしく「守られたい女性」に扮するか、でなければ「虚勢を張る男性」に奉仕する「〈軍需品〉としての女性」[4]になるか、どちらかにひとつだった。

二〇一〇年当時は気づかなかったことではあるが、いまとなってふり返れば、近代国家の「男性ジェンダー化」をめぐる朴さんの批判的な視座は、すでに培われ、そうした視座こそが「慰安婦問題」の深い理解を可能にするだろうという強い確信が、彼女のなかには胚胎されていたのだと思う。

そして、単に戦場や植民地の女性を性的に搾取する「強引で横暴で、むやみに虚勢を張る男性」とは別に、「女性たちが売られていく状況〔中略〕をただ見ているしかなかった男性たち」をも同時に見据えないことには、植民地女性の悲哀は理解できない。「植民地主義と女性」というお題をふられた朴さんは、こうした迂回路を経ることで、歴史の真実への肉迫を試みられたのだった。

■

以下は、私なりの「藪の中」読解だが、おそらく植民地文化学会での朴裕河さんとの名刺交換、その後の『帝国の慰安婦』との出会いを抜きにしては着想できなかった論考だと思っている。

同時に、これは、そもそも韓国の聴衆を強く意識して書かれたものである。二〇一六年四月二九日、ソウルの韓国外国語大学校で開催された記号論学会(5)での原稿(英文)に多少の調整を加えた。「従軍慰安婦」問題(や戦時性暴力問題)は、歴史認識のレベルでは「加害国と被害国」という二項対立に基礎をおいた議論に陥りがちだが、そうした二項対立を超えて、「女と、女を苛み、見殺しにする男」という、民族国家の境界を「横断」するもうひとつの区分にそっての捉え直しもまた求められていると思う。

私が朴裕河さんの議論の立て方から最も多く学んだのは、「家父長制」を問い直す際には、世界を股にかける「男たちの共謀と共犯」を「告発=暴露」する姿勢が不可欠だという手法からだ。

3

芥川龍之介（一八九二～一九二七）の作品のなかでも「藪の中」（初出一九二二）は世界的によく知られている。黒澤明（一九一〇～九八）の『羅生門』（一九五〇）の世界的名声が、このことに貢献していることは言うまでもない。

この小説の中では一人の女性（＝真砂）が名うての盗人《ぬすびと》（＝多襄丸）によってレイプされ、同行していたその夫（＝武弘）が殺害されたという筋書きになっている。ただ、武弘を殺したのは自分だと、盗人も女も、そして武弘の亡霊さえもが口々に主張する。そして、その犯人の誰であったかに関しては、まったく決め手を欠いたまま小説は終わる。この意味で、同小説は「推理小説」の体をなしておらず、それがかえってこの小説の「メタ推理小説」としての名声を高める結果につながったと考えるべきなのかもしれない。

しかし、ここでは「藪の中」を、「殺人小説」と読むのではなく、「性暴力小説」として読むことにしたい。それこそ森鷗外の「鼠坂」の延長にある作品として同小説を読もうと思うのである。武弘を殺害した三人（武弘自身を含む）の相矛盾する証言をただ並置するという芥川の手法は、性暴力に関わった当事者――レイプ犯、レイプ被害者、そしてその被害者に近い立場にある傍観者――の内面をそれぞれ浮き彫りにするという心理主義的な選択に基づいているのではないか。いくら「証言」のあいだの不整合を問うても、そこは堂々めぐりにしかならないからである。

「鼠坂」のレイプ犯は、かつての自分の蛮行を得意げにふれまわった過去があるにもかかわらず、いざ「罪状認否」を求められると、《人が出たらめを饒舌《しやべ》ったのを、好くそんなに覚えてゐるものだ》と、すっかり腰が引けてしまう。しかし、このような無実潔白の主張に騙されてはならない。男性同士の会話にあっては、性暴力に関する話題が忌避されるどころか、むしろ愛好される傾向があり、しかもそうしたホモソーシャルな場での語りにあっては、話に尾ひれをつけるような誇張が一般的で、『鼠坂』においては、《まだ二にならない位な、すばらしい別品だつたと云ふのだ》と、噂話のレベルでは被害者は「別品」であるのが当たり前であるかのように脚色されている。ところが、「藪の中」では、多襄丸自身が《わたしにはあの女の顔が、女菩薩《にょぼさつ》のやうに見えた》と、大言壮語に酔いしれている。

家父長制的な構造のなかでは、かりにレイプが発生しても、本来は恥ずべき男のほうではなく、辱められた女のほうこそが「恥じる」ようにできている。まずはこの理不尽を念頭に置いて考えなければならないのだが、その結果、性犯罪に関しては、恥ずべき男のほうが「饒舌」で、被害者の方は「沈黙」を強いられるという転倒が生じてしまうのである。「鼠坂」や「藪の中」は、この改まるべき「ねじれ」をみごとに暴き立てていると言えるだろう。恥ずべき側の存在がかたくなに恥じることを拒み、恥じる必要などないはずの人間が恥じることを強要される。結果的に、恥知らずな男たちは過去を語ることに、まるで悪びれることがなく、逆に被害者の方はひたすら黙りこむのである。「性暴力小説」とは、加害者と被害者のあいだに生じる、この非対称性を「告発＝暴露」するという使命を引き受けようとする小説のことである。

4

「藪の中」が「性暴力小説」として秀逸だとすれば、そこではレイプ犯の得意話ばかりでなく、被害者自身、そしてその身内の悲痛な声が丁寧に拾われているからだろう。そこは、被害者やそれを取り巻く人びとの悲しみや怒りにいささかも触れようとはしない「鼠坂」との大きな違いでもある。

「盗人」に凌辱された女性が、その被害体験の後にも苦しまねばならなかったことは、彼女の「懺悔」を読めば分かる――《紺の水干《すゐかん》を着た男は、わたしを手ごめにしてしまふと、縛られた夫を眺めながら、嘲るやうに笑ひました。夫はどんなに無念だつたでせう。〔中略〕わたしは思はず夫の側へ、転《まろ》ぶやうに走り寄りました。いえ、走り寄らうとしたのです。しかし男は咄嗟の間に、わたしを其処へ蹴倒しました。丁度その途端です。わたしは夫の眼の中に、何とも云ひやうのない輝きが、宿つてゐるのを覚りました。〔中略〕其処に閃《ひらめ》いてゐたのは、怒りでもなければ悲しみでもない、――唯わたしを蔑《さげす》

んだ、冷たい光だつたではありませんか？》

要するに、性犯罪被害者の女性は、初発の凌辱に苦しめられるだけでなく、第二、第三のはずかしめにも身を晒さなければならないのである。

そして、とうとう彼女は、その夫を殺そうと決意した――《もうかうなつた上は、あなたと御一しょには居《を》られません。わたしは一思ひに死ぬ覚悟です。しかし、――しかしあなたもお死になすつて下さい。あなたはわたしの恥を御覧になりました。わたしはこのままあなたを一人、お残し申す訳にはまいりません。》

彼女は自らを恥じ、その場に夫が居合わせたことをそれ以上に恥じて、まずは夫から、そして次には自分自身をこの世から消し去ろうと考えたのである。

ところが、彼女は自刃に失敗し、ひとりだけ生き延びて、清水寺の僧侶を前に「懺悔」の言葉を列ねることになった。もしも彼女が夫の殺害に及んでいなかったら、彼女は自分が受けた性暴力被害についてわざわざ他人に語ったりはしなかっただろう。《盗人の手ごめに遇つた》彼女は、《夫を殺した》という罪状を語るにあたって、その殺人の動機を説明するために、みずからの被害経験を（行きがかり上）語ったにすぎない。「手ごめ」そのものは、相手が誰であれ語るべき被害などではなかったのだ。性犯罪は、それだけではその事実を言語化する条件にはならない。「藪の中」は、性犯罪をめぐる語りなるものが、どちらかといえば、恥知らずな性犯罪者の側によって独占されてしまう傾向にあることを、はっきりと開示している。そして、その独占が破られるのは、被害者の側が家父長制的な権威を傷つけるほどの暴力にみずから訴えたときだけなのである。

5

ところで、「藪の中」は、アルゼンチンのアドルフォ・ビオイ＝カサーレス（一九一四〜九九）とホルヘ・ルイス・ボルヘス（一八九九〜一九八六）が『世界のベスト探偵小説II』（一九八三）に収録したことでも知られるが、二人は、この風変わりな「探偵小説」の特徴として「超自然性」を挙げている。それはおそらく殺害されたレイプ被害者の夫もまた「巫女《みこ》」を介して「証言」に及ぶことを意識したものだろう。

たとえば、彼（巫女の声）は、次のように言う——《おれの前には妻が落した、小刀《さすが》が一つ光っている。おれはそれを手にとると、一突きにおれの胸へ刺した。》

そして、その彼（巫女の声）は、自分の妻が「盗人」に言い寄られ、自分を裏切るさまを見なければならなかった「無念さ」を聞き手に伝えないではおれないのである。彼はみずからの妻がこう言ってのけたと証言する——《あの人を殺してください。わたしはあの人が生きていては、あなたと一しょにはいられません。》

そして、彼（巫女の声）は、妻によって裏切られた「絶望感」を切々と語って聞かせようとする。「盗人」から《自分の妻になる気はないか？》と話を持ちかけられた妻の表情を思い浮かべながら、《おれは〔中略〕あの時ほど、美しい妻を見た事がない》と言う。《おれは妬《ねたま》しさに身悶えを》するしかなかったのだ。もし妻を「盗人」に寝取られることがなければ、彼は妻を愛しつづけることができただろう。にもかかわらず、不慮の事故のせいで、彼はもはや彼女と添い遂げることができなくなってしまう。「性暴力小説」としての『藪の中』に真正さが宿っているとしたら、このあっけないまでの「心変わり」が物語の主題になっていることに由来する。

しかし、ここで私はもうひとひねり加えてみようと思う。もし「藪の中」の多襄丸が、ただの無頼漢ではなく、外国から来た兵士であったとしたらどうなるのかと問うてみることだ。その場合、妻を寝取られた夫の「絶望」は、倍化される。他の男に妻を寝取られただけではなく、異民族に寝取られたという屈辱感が加算されるはずだからである。女性に標的を絞った性的な攻撃は、植民地化され、占領された側の男女のあいだにも鋳を入れ、その相互信頼を引き裂くのだ。

話題を少し大きく広げるならば、大西洋を舞台にして数世紀にわたって展開された奴隷交易は、奴隷制社会の中に、まさにこうした「分断」をもたらした。そこでは奴隷女たちがつねに同族の男を裏切るかもしれない存在として怪しまれた。そして、実際に彼女らはしばしば混血の子どもを生み落した。明治期以降の日本が、植民地や占領地において、現地の日常生活を破壊し、現地人の心にトラウマを刻みこんだとしたら、それは個々の「性暴力」の行使によってではない。植民地や占領地の真砂は、多襄丸の暴力に物理的に苦しめられだけでなく、武弘たちの「嫉妬」や「蔑み」にまで付き合わされなければならなかったのだ。(6)

二〇世紀の東アジアで相互の不信を修復困難なまでに根強いものへと変えてしまった日本軍兵士(およびそれに随行した軍属)の性暴力に関して、それを正面から取り上げた小説というのは、きわめて限られている。であるならば、かりに「仮説」であろうとも、「藪の中」を「戦時性暴力を描いた小説」として読むことは、目的さえ誤らなければ許されることだろう。(7)

そして、この読みは、いわゆる狭義の「戦時性暴力」の範疇にはあてはまらないかもしれないが、確実にそれと「地続き」(8)だとは言える「従軍慰安婦問題」を考える上でも有益だろう。もともと住んでいた土地から誘拐・拉致され、前線へと送られて、日本軍(皇軍)兵士による継続的な凌辱に苦しまなければならなかった女性たちは、要するに真砂だったのではなかったか? 彼女らは、いつ終わるとも知らされない凌辱に耐えつつ、同時に、同胞たち(とくに男性)の「蔑み」に満ちたまなざしにも苦しめられなければならなかったはずだ。真砂を奪われた武弘の「嫉妬」や「怒り」は、多襄丸に対してのみならず、真砂自身にさえ向かっていってしまった可能性が高いのである。「藪の中」が恐ろしいのは、そうした人間心理をまで描ききっているからだ。

もちろん、芥川はこの小説が戦場を舞台にした同時代小説として読まれることを自分では予想はしていなかったかもしれない。しかし、アジア太平洋戦争を「藪の中」が予言するかのような小説であったと考える自由が、私たちにはある。それは一種の義務でもあるあるとさえ私は思っている。

アルジェリア独立戦争（一九五四〜六二）に際して民族解放戦線（FLN）と行動を共にした精神科医のフランツ・ファノン（一九二五〜六一）は、《植民地化はその本質において、すでに精神病院の大いなる供給者としてあらわれていた(9)》と書いていた。精神科医やカウンセラーの欠乏は、植民地や占領地の人々の精神障害を野放しにすることを強いたが、一日本人として、過去の戦争責任・植民地支配に対する責任を引き受けるためには、元植民地や元日本軍占領地域でその後に侵攻した「脱植民地化」、そして「国民国家形成」のプロセスとは、それ以前の暴力がもたらした精神的な外傷との闘いでもあったということを見逃さないことだと思っている。であればこそ、私は日本の作家が書いたものにすぎなくはあっても、「藪の中」を「戦時性暴力を描いた心理小説」として東アジア諸国で共有化し、今後の相互的な歴史認識に向けた素材として活用することを提唱したい。そこには植民者と被植民者、性暴力の加害者と被害者の双方が分け隔てなく描かれていると考えるからである。

芥川龍之介自身に「女嫌い《ミソジニスト》」としての側面があったのに違いないのだが、しかし、「藪の中」の芥川は、女性を標的とするような男たちの「ホモソーシャルな共謀」を勇敢に描き切っている。「巫女の口を借りたる死霊」の証言によれば、《あの人を殺してください》と叫ぶ真砂に対して、まったく《返事をしない》まま、多襄丸は武弘に向かってお伺いを立てたというのである――《あの女はどうするつもりだ？　殺すか、それとも助けてやるか？》

このとき、二人の男は、最終的な（それは悪魔的とさえ言っていいだろう）合意に達する。それはあたかも女性に対する生殺与奪の権利は、つねに男性に握られているとでも言わんばかりである。この多襄丸の質問を耳にした武弘は、多襄丸に対する評価を、（巫女の声を通して）こんなふうに語ることになる――《おれはこの言葉だけでも、盗人の罪は赦してやりたい。》

一人の女性に対してライバル関係にあたる男同士が、一方的に絆を確認し合ってしまう。真砂が、口をふさがれた武弘の「目」のなかに見出した「蔑んだ、冷たい光」とは、結局は、女を交渉の場から締め出してしまう男同士の共謀の必然的な帰結であったと理解すべきだろう。家父長制的なシステムは、男同士の共謀に基づいて女を搾取《エクスプロイト》＝利用し、悪用《アビューズ》＝虐待する。

「藪の中」は、たった一人で恥じ入るしかなかった女の悲劇である。

真に「恥じる」べきは誰なのか？　それを女に「恥」を背負わせることで、自分たちを免罪してきたのは誰か？　アジア太平洋戦争の時期に、日本の軍人や軍属が行った恥ずべき「戦時性暴力」について考えるときに、まず立ち戻るべき原点はここであり、歴史認識は、「「加害国と被害国」という二項対立を超えて、「女と、女を苛み、かつ見殺しにする男」という民族国家的境界を横断する男性中心主義」を問い直すことを通してこそ整序されるべきだろう。

《あの時ほど、美しい妻を見た事がない》というような述懐が、武弘の口からこぼれるとしたら、これは多襄丸と武弘の「共謀」がそこではたらいていると言うしかない。(10)

6

武弘の心を蝕んでいた「ミソジニー」をも問えと言うことは、決して多襄丸の免罪を促すことではない。問われるべきは、表面的には対立しているかに見える男と男のあいだの「共謀＝共犯」だからだ。であればこそ、歴史の清算にあたって、家父長制の果たした責任を問うことのない「妥協」は、真の「和解」に向けての扉を開かない。それは、所詮、真砂を外に置いたためくらましの「野合」でしかないからだ。

朴裕河さんは、戦時性暴力に巻きこまれた当事者間の「和解」を提唱されているが、それが「真砂を置き去りにした、多襄丸と武弘の和解」であってならないのは言うまでもない。そして、「和解」に真砂もまた関与するのであれば、そこでは家父長制の上に胡坐をかいてきた多襄丸や武弘の行動様式にしみついた「男性性」を思い切って恥じ入ることを回避しない、そんな国境をまたいだ男たちの「共働《コーペレイション》」が不可欠だと思う。つまり、「真砂を置き去りにした、多襄丸と武弘の和解」が「野合」であるならば、「武弘を置き去りにした、真砂と多襄丸の和解」ばかりか、「多襄丸を置き去りにした、真砂と武弘の和解」もまた「野合」だからである。

日本では「多襄丸の免罪」をもくろむ勢力が一定の影響力を行使しているのに対し、韓国では「真砂と武弘の和解」を民族の名において進めようとする動きが大きな成果を上げている。しかし、そんななか、朴裕河さんの問題提起は、「多襄丸に対する問責の再開」を促すと同時に、「真砂と武弘の和解のやり直し」をも提案するという方向性を示している。日韓両国で彼女の仕事を忌避する勢力が生まれるのは、そうした朴さんの「二刀流」に対して、それぞれに反発と抵抗が生じるからだろう。しかし、そこに「三すくみ」が存在するという事実から目を背けつづけるかぎり、真の問題解決はないというのが朴さんの立場であり、それは「真砂の尊厳回復」だけではなく、「植民地支配によって去勢されかかった武弘に対するセラピー」にも関わる問題なのである。(11)

注

(1)初出は『20世紀をいかに越えるか——多言語・他文化主義を手がかりにして』（姜尚中・西成彦・西川長夫編、平凡社、二〇〇〇）。大幅な加筆修正版は『胸さわぎの鷗外』（人文書院、二〇一三）に所収。

(2)朴裕河『引揚げ文学論序説——新たなポストコロニアルへ』人文書院、二〇一六。

(3)『植民地文化研究』第一〇号、植民地文化学会、二〇一一。同誌からの引用に関しては本文中にページ数を明示した。なお、この日の朴裕河さんの話は《二〇〇〇年一〇月に韓国の西江大学人文科学研究所主催の国際シンポジウムで報告し、その後論文にまとめたもの（「植民性とジェンダー」『西江人文論叢』第二四輯、二〇〇八）をもとにしている》（一六ページ）とのことである。

(4)《オランダ人慰安婦が日本軍にとって征服の結果として得た〈戦利品〉だったなら、日本人・朝鮮人・台湾人慰安婦は士気高揚の目的で常に必要とされた〈軍需品〉だった。》（朴裕河『帝国の慰安婦』朝日新聞出版、二〇一四、一七三ページ）

(5)"Incompatibility and Authenticity of Testimonies, an Analysis of Akutagawa Ryunosuke's *In a Bamboo Grove*", The 3rd International Conference of Semiosis Research Center, "Narrativity & Beyond, Transmedia, Experience, Mediation". なお、同稿執筆にあたっては、前掲『胸さわぎの鴎外』に収録した際、「鼠坂殺人事件」に加筆した「藪の中」を「接ぎ木」した読みを有効活用した。

(6)《「謝罪」というものが、「憎しみ」を解くための応答の行為なら、韓国（および北朝鮮）の中にも慰安婦たちに「謝罪」すべき人たちはいる。〔中略〕「植民地化」とは、そのように、国家（帝国）に対する協力を巡って、構成員の間に致命的な分裂を作る事態でもあ

る。》（前掲『帝国の慰安婦』五〇ページ）

（7）前掲『胸さわぎの鷗外』所収の「鼠坂殺人事件」は、日本近現代文学における《加害者文学の稀少性》（二八ページ）を埋め合わせるための方便として、「藪の中」を「戦時性暴力の文学」として《接ぎ木》（三一ページ）する読み方を試みたものである。本稿はその延長線上に位置づけられよう。

（8）『ナショナリズムとジェンダー』（岩波書店、一九九八）の上野千鶴子さんは、沖縄における「少女強姦」と「基地売春」を例に挙げながら、これらは《女性に対する日常的構造的暴力》の点からして《地続き》とされている（一二六ページ）。

（9）フランツ・ファノン『地に呪われたる者』鈴木道彦・浦野衣子訳、みすず書房、一九六九、一四三ページ。

（10）アンドレア・ドウォーキン（一九四六〜二〇〇五）は「イスラエル、それは結局のところ、だれの国なのか?」（『批評空間』第Ⅱ集3号、岡真理訳、一九九四）のなかで、イスラエルにはびこる「ホロコースト・ポルノグラフィ」なるものについて、次のように指摘している――《ナチスによって破壊されようとしていたユダヤ人の女性たちは、今再び、ナチスに代わってイスラエルの男性によって破壊されようとしている。イスラエル人男性のセクシュアリティは、ホロコーストによって形成されたのか? それが、彼らに絶頂感をもたらすのか?》（八〇ページ）　日本軍慰安所制度をそのまま「ホロコースト」になぞらえることの効用については、場を改めて議論を要すると考えるが、「ホロコースト」と比べても、本来的に「ポルノグラフィ」的な要素を有する「日本軍慰安所制度」が、戦後（日本敗戦後／朝鮮半島解放後）の韓国でその特徴を封印されたわけでなかったことは、四方田犬彦氏の「朴裕河を弁護する」（『われらが〈無意識〉なる韓国』作品社、二〇二〇）を読んでいただければ分かるだろう。また、山下英愛さん（一九五九〜　）は『ナショナリズムの狭間から』のなかで、朴裕河さんの『和解のために』に言及のあった《「慰安婦」をテーマにヌード写真集を刊行した女優の李丞涓《イスンヨン》事件》（平凡社、二〇〇六、一〇三ページ）について次のような考察を行っておられる――《そもそもこの企画は女性を男性の暴力の対象、支配の対象として描く性の商品化市場において、日本の帝国主義軍隊によって被支配国朝鮮の女性の性が蹂躙されるという設定が、男性読者を満足させるだろうとの商品価値を見込んだものだった。〔中略〕そのような意味で、図らずも韓国の男性の本音を露呈した事件だった。だが事態の展開は、そのようなジェンダー・ポリティクスの本質に目を向けるよりも、〝民族の純粋な女性が被害にあった民族問題をポルノ産業に利用しようとした〟制作者と女優の不道徳さの問題として推移した。》（明石書店、二〇〇八、二四八～九ページ）

(11)同じ韓国・朝鮮人でも「兵士」として奉仕した植民地の男性と、「慰安婦」として同じく奉仕した女性とでは、法的な扱いが異なっていたことを朴裕河さんは次のように指摘している――《彼女たちは兵士の「命」に代わる「性」を「国家」（＝男）に捧げるべく連れてこられた存在である。それでいながら兵士のように靖国が待っているわけでもなく、遺族たちが年金を受ける保証があるわけではない》（前掲『帝国の慰安婦』二一八ページ）というわけだ。そして《国家は戦争に国民を動員し、男性の身体（生命）のための法は用意し〔中略〕が、女性の身体（性）のための法は用意しなかった》（三一九ページ）とも書かれている。しかも、これはあくまでも日本における法の話なのだが、韓国側で日本軍に奉仕した韓国・朝鮮人男性に対する評価は、きわめて皮肉なものである――《「慰安婦」にシンパシーを持っている韓国も朝鮮人兵士を親日派とみなして、彼らの霊をなぐさめる碑が建てられるのをいまだに拒否している状態だ》（一七四ページ）。要するに、日本の法は、多襄丸と武弘の野合を準備し、韓国側の世論もまた、武弘と真砂とのあいだの和解を追求するかに見えて、じつは、多襄丸と武弘の連帯責任という固定観念から自由でありえずにいると言える。

初出

Ⅰ 『跨境』10号（東アジアと同時代日本語文学フォーラム×高麗大学校GLOBAL日本研究院、二〇二〇年六月）所収
Ⅱ フェイスブック・ページ［複数の胸騒ぎ］二〇一九年十二月〜二〇二〇年二月
Ⅲ フェイスブック・ページ［複数の胸騒ぎ］二〇一九年一月〜二月
Ⅳ フェイスブック・ページ［複数の胸騒ぎ］二〇一七年八月〜十月、二〇一八年八月〜十月
Ⅴ 『対話のために／「帝国の慰安婦」という問いをひらく』（浅野豊美・小倉紀蔵・西成彦編、クレイン、二〇一七年五月）に「戦時性暴力とミソジニー〜芥川龍之介『藪の中』を読む〜」として収録

西成彦（にし・まさひこ）

一九五五年岡山県生まれ。兵庫県出身。東京大学大学院人文科学研究科比較文学比較文化博士課程中退。熊本大学助教授、立命館大学文学部教授を経て、現在は同大学院先端総合学術研究科特任教授。日本比較文学会会長（二〇一九年まで）。専攻はポーランド文学、比較文学。著書に『個体化する欲望——ゴンブロヴィッチの導入』（朝日出版社、一九八〇）『マゾヒズムと警察』（筑摩書房、一九八八）、『ラフカディオ・ハーンの耳』（熊日文学賞、岩波書店、一九九三／岩波同時代ライブラリー、一九九八）『イディッシュ——移動文学論Ⅰ』（作品社、一九九五）、『森のゲリラ　宮澤賢治』（日本比較文学会賞、岩波書店、一九九七／平凡社ライブラリー、二〇〇四）、『クレオール事始』（紀伊國屋書店、一九九九）『耳の悦楽——ラフカディオ・ハーンと女たち』（芸術選奨新人賞、紀伊國屋書店、二〇〇四）『エクストラテリトリアル——移動文学論Ⅱ』（作品社、二〇〇八）『世界文学のなかの『舞姫』』（みすず書房、二〇〇九）『ターミナルライフ　終末期の風景』（作品社、二〇一一）『胸さわぎの鴎外』『バイリンガルな夢と憂鬱』（いずれも人文書院、二〇一三、二〇一四）『外地巡礼——「越境的」日本語文学論』（読売文学賞、みすず書房、二〇一八）など。共編著に『20世紀をいかに越えるか——多言語・多文化主義を手がかりにして』（平凡社、二〇〇〇）『複数の沖縄——ディアスポラから希望へ』『異郷の身体——テレサ・ハッキョン・チャをめぐって』『東欧の20世紀』『異郷の死——知里幸恵、そのまわり』（いずれも人文書院、二〇〇三、二〇〇六、二〇〇六、二〇〇七）など。翻訳書に、ゴンブローヴィッチ『トランス＝アトランティック』（国書刊行会、二〇〇四）コシンスキ『ペインティッド・バード』（松籟社、二〇一一）ショレム・アレイヘム『牛乳屋テヴィエ』（岩波文庫、二〇一二）シンガー『不浄の血——アイザック・バシェヴィス・シンガー傑作選』（河出書房新社、二〇一三）など。編訳書に『世界イディッシュ短篇選』（共訳、岩波文庫、二〇一八）など。近刊として『ホロコーストとヒロシマ——ポーランドと日本における第二次世界大戦』（加藤有子編、みすず書房、二〇二一）。

声の文学

――出来事から人間の言葉へ

二〇二一年十二月二十五日　初版第一刷発行

著　者　西　成彦

発行者　塩浦　暲

発行所　新曜社

東京都千代田区神田神保町三―九

TEL　〇三―三二六四―四九七三

FAX　〇三―三二三九―二九五八

URL　https://www.shin-yo-sha.co.jp/

e-mail　info@shin-yo-sha.co.jp

ブックデザイン　祖父江慎＋小野朋香（cozfish）

印刷・製本　中央精版印刷株式会社

Printed in Japan ISBN 978-4-7885-1749-3 C1090